Cocoon

京都・不死篇４―嗄―

夏原エヰジ

講談社

〈瑠璃〉
本シリーズの主人公。
元・吉原の花魁。鬼斬りの能力を持つ。
平将門を倒したが、片腕と引き換えに最強の鬼・生き鬼を救う術を
探ろうと京都に来たところ、
新たな敵「夢幻衆」と出くわす。
鬼退治組織「黒雲」頭領。

〈蓮音〉
島原の太夫。美人だが性格は悪い。
瑠璃を敵視する
「夢幻衆」の一員。

〈麗〉
瑠璃が京都で出会った女の子。
実は「夢幻衆」の一員で、
鬼の角を持つ。

〈文野閑馬〉
人形師。
黒雲の協力者となるも、
何者かに殺される。

〈陀天〉
伏見・稲荷山の稲荷大神。
陰陽師・蘆屋道満の育ての
親でもある。巨大な黒狐。

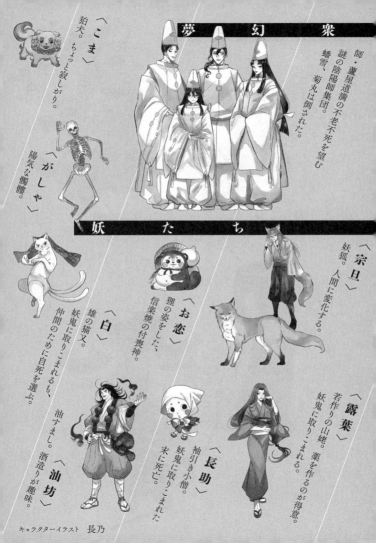

夢幻衆

師・蘆屋道満の不老不死を望む
謎の陰陽師集団。
蟠雪、菊丸は倒された。

〈こま〉
狛犬。ちょっと寂しがり。

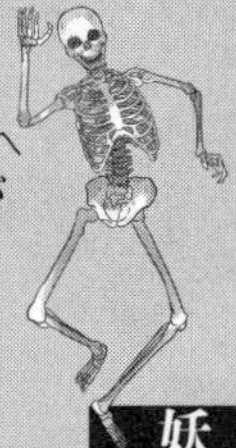

〈がしゃ〉
陽気な髑髏。

妖たち

〈宗旦〉
妖狐。人間に変化する。

〈お恋〉
狸の姿をした、
信楽焼の付喪神。

〈白〉
雄の猫又。
妖鬼に取りこまれるも、
仲間のために自死を選ぶ。

〈露葉〉
若作りの山姥。
妖鬼に取りこまれる。薬を作るのが得意。

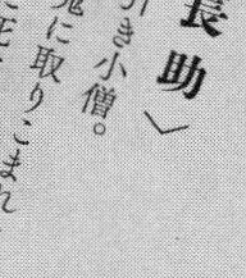

〈長助〉
袖引き小僧。
妖鬼に取りこまれた
末に死亡。

〈油坊〉
油すまし。
酒造りが趣味。

キャラクターイラスト　長乃

黒雲

〈瑠璃〉

〈権三〉
大男。自分の店を持ち、
板長をしている。
金剛杵を操る。

〈栄二郎〉
双子の弟。
豊二郎と結界を作る。
瑠璃に特別な
想いを抱いている。

〈錠吉〉
眉目秀麗な僧侶。
鬼退治の際は
錫杖で戦う。

〈豊二郎〉
双子の兄。
栄二郎と結界を作る。
瑠璃の妹分・ひまりと
所帯を持った。

夏原エヰジ
Eiji Natsubara

コクーン
COCOON

京都・不死篇4
嗄〈か〉

序

「はあ、はあっ――」

月光も差さぬ夜闇の中、井戸の底から這《は》いずり出た男は、ばしゃりと音を立てて泥まみれの地面に倒れこむ。

京《みやこ》には天を返したかのごとき豪雨が降り注いでいた。

「ここは……おお、戻ってきたんか。現世《うつしよ》、に……」

抑えようもなく震える声。喉《のど》が渇いてたまらない。雨はぐずぐずと地面を湿《しめ》らせ、緩《ゆる》ませ、男の白装束《しろしょうぞく》を通って肌まで冷たく染みこんでいく。

戻ってきた。男は地獄から生還したのだ。

――晴明《せいめい》よ、お前はやはり間違っていた。死を嫌厭《けんえん》してはならないやと？　そないなこと、あの世に行ったことがない者が言える綺麗事《きれいごと》や。死というものは……。

地に伏せたまま、ぬかるみへと両手を伸ばす。泥まじりであるのも構わず溜まった雨水をすくい、喉を潤《うるお》さんとする。ところが己の白装束についた泥を見るや、男は顔を引きつらせた。

これは、人間の手形ではないか。

「ひっ」

男はがばと半身を起こす。己を抱くように両腕を擦《こす》り、無我夢中で泥を落とそうとする。しかし擦れども擦れども泥は白装束に染みついて取れず、むしろ増えていくばかりだ。半狂乱に陥《おちい》った男は声を上ずらせる。狩衣《かりぎぬ》の袖《そで》を強引に引《ひ》き裂《さ》く。そうしているうち、気がついた。

「俺の、腕が」

目を疑った。

骨ばった腕を覆うのは染みと皺《しわ》だらけの皮膚《ひふ》。ひび割れ、滑《なめ》らかさを失った爪。さながら枯木《かれき》のような腕である。ふと目の端に、白い束が映りこんだ。指先でおそるおそる触れた途端《とたん》、束がはらりと地に落ちる。

それは紛《まぎ》れもなく、男自身の白髪であった。

「あ、ああ、ああ……」

なぜこんなにも声が掠《かす》れているのか。喉に潤いが足りないからではない。

これが、老い。これが——死。

「あああああっ！」

降りしきる雨の音に、乾いた絶叫が重なる。

男の肌には袖を引く亡者《もうじゃ》の手の感触が残っていた。男の耳には今も聞こえるほどありありと、亡者の声がこびりついていた。

生者を死の底へと手招きする、おぞましい声が。

——殺してやる。いつか、必ず。未来永劫《えいごう》、呪ってやる……。

追憶《ついおく》はいつも、同じ場面で終わる。

独房の中で正嗣《まさつぐ》は目を開いた。

ここに光はない。希望も、未来もありはしない。あるのは生き鬼の怨念《おんねん》だけだ。

「今ので、何度目の追憶だったんだろうな」

独《ひと》り言《ご》ちる声は闇に吸いこまれて消えていくばかり。ここに入れられてどれほどの時が経ったのだろう。十数年、あるいはほんの数日かもしれない。地獄にあって時の流れを知る術《すべ》など皆無である。亡者たちが時を知ったところで、何の意味もなさないのだから。

光も音もない世界。だがごく稀《まれ》に、小さな声が聞こえることがある。

「わっちはどのみち、現世にいてはならなかったのよ。あなたは縛られたわっちの魂を、解放してくれた……だから瑠璃《るり》さん、どうか自分を、責めないで……」

右隣の独房、厚い壁の向こうに閉じこめられているのは遊女だ。どうやら追憶の中で誰かに語りかけているらしい。正嗣は一度だけ、この雛鶴《ひなづる》という女と壁越しに言葉を交わしたことがあった。

聞けば雛鶴は、江戸は吉原《よしわら》の花魁《おいらん》だったそうだ。「四君子《しくんし》が竹《たけ》」と称えられ、遊女としてある程度の地位を得ていたが、しかし不幸にも瘡毒《そうどく》を患《わずら》った。そうして死の絶望に囚《とら》われた心をある男に付けこまれ、半ば無理やり生き鬼にさせられてしまったのだという。

この獄にいる生き鬼たちは、誰しもが深く暗い怨念をくすぶらせている。左隣の独房にいる男も、向かいの独房に座す女も、そして、正嗣も。

されど雛鶴は違っていた。何でも生き鬼として他者を呪うことに辟易《へきえき》していた彼女を斬り捨てた女がいたらしく、雛鶴は――些《いささ》か皮肉な話だが――その女に感謝しているそうだ。その女を「友」と呼び、そしていつの日か、この牢獄から救い出しに来てくれることを信じているのだとか。

――友、ね。いかにも純粋で心温まる物語だ。

怨念ばかりが立ちこめる獄中にあって、雛鶴の言葉はどこか美しく耳に響いた。

美しい。けれども、虫唾《むしず》が走る。

「馬鹿なことを。感謝なぞして何になる？　信じることが何になる？　誰も助けになんて来やしねえんだ。ここにあるのは所詮、闇だけだってのに」

正嗣はそれきり、雛鶴と話すのをやめた。

完全なる孤独の中で己が信じられるのは、怒りと憎しみ、この二つだけ。それ以外の感情などいらない。生前も、房に入れられてからもずっと、正嗣は復讐《ふくしゅう》心を滾《たぎ》らせ続けてきた。

すべてはあの女子《おなご》を、呪い殺すために。

――お前がどう成長したかは知らねえが……まだ生きていろよ、ミズナ。

これまた皮肉なことに、正嗣は憎い仇《かたき》の「生」を祈っていた。

――そうだな、できるだけ健康で、病一つしてない状態がいい。お前は俺が、この手で葬《ほうむ》ってやるんだから。

そのためにこそ自分は、生き鬼になってしまったのだから。

独房では強制的に己の人生の追体験をさせられる。灯《あか》りも音もない空間に座していると不意に意識が遠くなり、過去の記憶へと飛ばされるのだ——何のためかはわからないし、不気味な獄卒《ごくそつ》たちは何も言わない。

恨みの念が生じた発端。実際に生き鬼と変じてから地獄に堕《お》ちるまでの、ほの暗い呪殺《じゆさつ》の日々。それらの記憶を繰り返し、幾度もなぞることを強《し》いられるのだった。

正嗣の場合、追憶はいつも同じ場面で終わる。

場所は京の四条河原《しじようかわら》。傍らには、自分に寄り添いながら笑う女子。だがそこに闖入《ちんにゆう》してくる輩《やから》がいる。酒に酔った男どもは女子の腕をつかんで強引に立たせ、「薄汚い下賤《げせん》のモンが」と言いながらどこかへ引きずっていこうとする。助けなければ。しかし体は震えるばかりで言うことを聞かない。「引っこんどれ」、「殺すぞ」と脅《おど》す声。恐怖にすくんで動かない足。女子の悲痛な泣き声。やがて正嗣は、思い出すのだ。

あの夜のことを。幼い童女の、歪《ゆが》んだ笑みを。

——皆、死んでしまえ。忌々《いまいま》しい者どもが。きゃは、きゃはははは。

——お前は、どんな風に殺されたい？

体の奥底から言い知れぬ激情が沸き起こる。と同時に視界が赤く染まっていき、追憶はそこでぶつ、と途切れるのだった。

「カノ……」

自分に寄り添ってくれた女子は、あの後どうなったのだろう。身寄りのない自分を受け入れてくれた、宝来《つるめそ》の民たちは。

彼らに想いを馳せようとして、しかし正嗣は真っ暗な天を仰いだ。

「……どうでもいい。ミズナさえ呪い殺せるなら、他はどうでも」

無表情につぶやいた声は冷え冷えとしていた。たとえ地獄で永遠に罰を受けることになろうとも、正嗣の復讐心は揺らがない。死して地獄に堕ちてしまったことは残念だが、生き鬼の呪力を手に入れられたことは幸運だった。人並み外れた力を持つあの女子でさえ、「呪いの目」にはかなうまい。

地獄へ堕ちるのと引き換えに、自分は仇を屠《ほふ》る力を手に入れたのだ。正嗣は己の運命をそう受け取っていた。

あとはどうにかして地獄のどこかにあるという現世への道を見つけ出し、仇と再び相まみえれば――。

「滝野《たきの》一族が末裔《まつえい》、正嗣よ」

高貴なる声がしたのはその時だった。

正嗣はゆらりと視線を下ろし、格子《こうし》の向こうに目を留める。

いつの間にそこにいたのだろう、一人の獄卒が、楕円《だえん》形の鏡を正面に抱えながら佇《たたず》んでいた。鏡から発せられるまばゆい光に正嗣は知らず顔をしかめる。

すると今ほどの声が鏡の内側から聞こえてきた。

「積年の恨みを晴らす時が来た。汝《な》の望みを、叶《かな》えてやろう。汝が心より憎む女が程なくここへやってくる。亡者としてやなく、生きたまま、な」

不思議と、驚きはしなかった。いつかこんな日が来るとわかっていたのかもしれない。何ゆえ生者が地獄を訪れるのか、声の主は何のために自分たちを引きあわせようとしているのか、なぜ望みを叶えてくれるのか——浮かんだ疑問はすべて、怨嗟《えんさ》の渦《うず》に呑まれて消えた。

「生き鬼の膂力《りょりょく》を使うもよし。呪いの目を使うもよし。すべては汝の思うさま為せばよい……さあ、出でよ」

ギィ、と格子が開かれる。

——ついに、この時が。

正嗣は独房から一歩を踏み出し、ひたと宙を見据えた。

――来いよミズナ。お前に絶望を……真の地獄を、見せてやる。

その瞳には赤々とした血が、怨念の螺旋《らせん》を描いていた。

一

強い凩《こがらし》が吹きつけては、染めなした紅葉を次から次へとさらっていく。京の空は明るく晴れ渡っていたが、空気は乾いていく一方だ。冬の気配に慨嘆《がいたん》するかのような風の音。塒《ねぐら》に吹きこんでくる隙間風は、ことさら侘《わび》しいものである。

「さあ、豊《とよ》。お前もこっちに来て朝餉《あさげ》を食え」

弟の寝顔を見つめていた豊二郎《とよじろう》は緩慢に後ろを見返った。声をかけてきた権三《ごんぞう》も、その隣に座す錠吉《じょうきち》も、自分と同じく暗い表情を隠しきれていなかった。

豊二郎は黙って首を振ると、再び弟に視線を戻す。

双子の弟、栄二郎《えいじろう》——彼は敵の呪術を受けて以降、今もなお生死の境をさまよい続けている。うめき声も発さず静かに眠ってはいるものの、面持ちは苦しげで呼吸も浅い。その姿を見ていれば食欲など湧くはずもなかった。

されど権三は諭《さと》すように言う。

「豊二郎。お前の気持ちはわかるが、一睡もしてない上に食わないんじゃ看病する力だってつかないだろう。栄が起きた時、兄貴がやつれてるのを見ていい気分になると思うか？」

師でもある権三にこう言われては反論できない。口を真一文字に結び、豊二郎はようやく重い腰を上げた。

「飛雷《ひらい》。栄を、頼む」

そう告げると布団のそばにいた黒蛇が「よかろう」と鎌首を縦に振った。

飛雷は豊二郎とともにほぼ夜通し栄二郎のそばに付き添っていた。弟を案じてくれているのだろうが、言葉少なであるために胸中は今ひとつ測りにくい。豊二郎が感じた限り、黒蛇は何かしら別の思案にふけっているらしかった。

「……瑠璃は？」

居間の畳に腰を下ろしながら問えば、

「まだ起きてこない。けれどもう少しだけ、寝させておこう」

と、錠吉が切れ長の目に憂いを浮かばせた。

「先日の戦いで心身ともに疲弊《ひへい》しきっているんだろうな。無理もない、瑠璃さんは力を使いすぎた。その反動も並じゃないはずだ。何しろ裏朱雀《うらすざく》との戦いに加え、生き鬼化までして戦い続けたんだから……」

江戸に暮らしていた錠吉、権三、豊二郎と栄二郎の双子は鬼退治集団「黒雲《こくうん》」の構成員として、頭領である瑠璃のもとに再結集した。ここ京における黒雲の目的は一つ。陰陽師《おんみようじ》集団「夢幻衆《むげんしゆう》」を追い詰めることだ。

夢幻衆は不死の夢を実現すべく、京に根づく青龍《せいりゆう》、玄武《げんぶ》、白虎《びやつこ》、朱雀という四体の神獣、すなわち「四神《しじん》」の力を我が物にせんとしている。四神は聖なる経典「一切経《いつさいきよう》」に守られており、それを破壊せずして四神の力を掌握することはできない。そのため夢幻衆は鬼や妖《あやかし》を融合させた妖鬼《ようき》──中でも「裏四神」なる存在を作り出し、体内に一切経を埋めこんで、瑠璃に斬らせせようと画策した。

瑠璃の前世は龍神《りゆうじん》、蒼流《そうりゆう》。相棒の黒蛇であり刀である飛雷もまた龍神である。夢幻衆はこう考えたのだ。鬼に憐憫《れんびん》の情を寄せ、妖を友とする瑠璃ならば、彼らを救済するために刀を振るうだろうと。強大な龍神の力をもって裏四神を斬り、体内にある一切経もろとも塵《ちり》にしてくれるだろうと。

かくて夢幻衆は瑠璃と親しい妖の長助《ちようすけ》、白《しろ》、露葉《つゆは》を捕らえ、それぞれ裏玄武、裏白虎、裏朱雀に融合させてしまった。戦いの末に長助は死亡。黒雲の協力者であった人形師、文野閑馬《あやのしづま》も死骸《おろく》となって発見された。夢幻衆の目論見《もくろみ》は概《おおむ》ね成功し――白の自死という番狂わせがあったものの――、あとは洛南の裏朱雀を残すのみとなった。ところが黒雲と裏朱雀が一戦を交えるさなか、黒雲はおろか夢幻衆ですら予想だにしない事態が起きた。

栄二郎の死に直面した瑠璃が、生き鬼と化し始めたのだ。

理性の箍《たが》が外れた瑠璃は哀怨《あいえん》の赴《おもむ》くまま、敵味方の別なくその場にいた全員を殺戮《さつりく》せんとした。結果として、生き鬼化は辛くも食い止められた。さらに栄二郎は稲荷大神《いなりおおかみ》の助けもあり息を吹き返したのだが、今もって意識が戻らない状態にある。黒雲の負った痛手は大きいと言わざるを得まい。

――栄二郎……俺はあの時だって隣にいたのに、ちゃんと守ってやれなかった。俺はあいつの、兄貴なのに。

権三がこしらえてくれた棒鱈《ぼうだら》と海老芋《えびいも》の炊きあわせを眺めながら、豊二郎の胸は無力感にふさいでいた。いつもなら味わい深く感じるはずの品々も、今はまるで味がしない。

――いつもおっとりしてる栄二郎があんなに苦しそうな顔をするなんざ、よっぽどのことだ。せめて俺が代わってやれりゃいいのに、そんなこともできねえのか。

ずっしりと、臓腑が重く沈んでいく。

心苦しさを言葉にして吐き出すことすら今の豊二郎にはできなかった。権三と錠吉はと言えば、あたかも食べることが義務であるとばかりに無言で白飯を口に詰めている。男三人で囲む朝餉は通夜《つや》さながらの暗さだった。

そのうち味噌汁《みそしる》を口に含んだ錠吉が、ぼそりとひと言、

「……薄い、な」

「ん？　ああ、本当だな」

権三も味を確かめて、ちらと豊二郎に目を転じる。早朝、味噌汁を仕込んだのは豊二郎だ。幼い頃から権三のもとで料理を学んできた彼が今さら味噌の配合を誤るはずもないのだが、現在の心境ではやむを得ないだろう。

当の豊二郎は錠吉と権三の視線にも気づかず、ただ悄然《しょうぜん》とした顔で朝餉をつついていた。

「ところで昨夜、栄の看病をお前と交代した時のことだが」

錠吉はため息まじりに権三へ視線を向けた。

「眠る前に少し外の空気を吸おうと思って、表に出てみたんだ。そこで嫌なものを見てしまった」

「何だ？」

「南の空が、真っ赤に染まっていたんだ。どこかで火事が起こったのに違いない。わりかし早く収まったようだが」

「そうだったのか……それは確かに、嫌なものに違いないな」

この時がある堀川上之町《ほりかわかみのちょう》まで延焼してこなかったということは、小規模な火災であったか、火消し隊が迅速に対処したということか。

京の世情はいっそう不穏になりつつある。瑠璃が不本意ながらも一切経を斬ったことにより、京の東、北、西には「禍ツ柱《まがつばしら》」なる巨大な柱が屹立《きつりつ》し、邪気を京中にまき散らすようになった。邪気で不安を掻《か》き立てられ、凶暴性があらわになった京びとの間では諍《いさか》いや殺しが引きも切らない。それもこれも夢幻衆、そして彼らの裏にいる黒幕のせいだ。

元より夢幻衆が目指す不死とは、彼ら自身の不死ではない。

彼らが師と崇《あが》める陰陽師、蘆屋道満《あしやどうまん》ただ一人の不死であった。

「もし禍ツ柱が四本すべて揃ってしまったらどうなるのか……考えたくもないな」

権三のつぶやきに錠吉も頷《うなず》いた。

「禍ツ柱を出現させたのは道満流の陰陽術だ。一刻も早く術を解かせなければ京の被害は増す一方だろうな。だが言い換えれば、道満さえ仕留めたなら、この悪夢のような状況もきっと終わる。京に平穏が戻る」

とはいえ肝心の道満はこれまで一度たりとも黒雲の前で名乗りを上げていない。現在わかっているのは彼が八百七十歳の老体であること、狐の血を引く半妖であることくらいだ。まるで正体不明の鵺《ぬえ》がごとき男――それが蘆屋道満の印象であった。

「なあ錠、夢幻衆は確かこう言っていたよな。道満を第五の神獣〝麒麟《きりん》〟とし、四神の力を注げば永遠の命がもたらされると」

「そうだ。瑠璃さんが蓮音太夫《はすねだゆう》から聞き出した話じゃ、老いることのない肉体と、魂の不死が実現するとか」

どうにもわからん、と権三は太い眉を寄せた。

死んだ蟠雪《ばんせつ》が作っていた不老《おいず》ノ妙薬《みようやく》に若返りの力があったくらいだから、いつまでも若くいられる「肉体」を得るのは不可能ではないかもしれない。

だが「魂」はどうだろう。

「稲荷山の陀天《だてん》さまは寿命を見抜く力を持っているとおっしゃっていた。ということは、人の魂にはやはり限度があるってことだよな。いくら老い知らずの肉体を手に入れたところで定められた寿命には逆らえないはずなのに、道満はどうやって〝魂の不死〟を実現するっていうんだ？」

そもそもの話、道満はいかにして今まで生き永らえてきたのか。半妖、陰陽師というだけでは説明がつかない。

「答えはきっと奴らが言う〝不死の秘法〟とやらにあるんだろう。その仔細《しさい》が記された金烏玉兎集《きんうぎょくとしゅう》さえ見つけ出せたら、明らかになるかもしれないが……」

「どこにあるかは見当もつかない、か」

他方、錠吉にも気がかりなことがあるらしかった。

道満の育ての親である稲荷大神、陀天から聞いた話によれば、道満が最終目標とするのは「桃源郷《とうげんきょう》」だ。永遠の命を得た上で、争いも差別もない世を生み出す。道満は決して死ぬことのない統治者「父神」として桃源郷の頂点に君臨し、己が子孫らとともに安寧の世を守り続けるというのである。

「そんな神話じみたことが実現できるかどうかはさておき、夢幻衆はどうして道満の真の目的を俺たちに話さなかったんだろうな。争いのない世には鬼も生まれない。桃源郷は黒雲にとっても無下にできない話じゃないか？」

もし夢幻衆が最初から桃源郷の目標を明かしていたなら、裏四神を囮《おとり》なぞにしなくとも、黒雲は一切経の破壊に協力したかもしれないのに――。

「だとしても、瑠璃さんが道満の妻になることを〝はいそうですか〟と承知するわけがない。俺たちだって、あの人が手籠《てご》めにされることを良しとはしないだろ？」

それもそうかと錠吉は肩を落とした。

桃源郷は道満ひとりで作れるものではなく、子孫、とりわけ第一世代の子を産む「母神」が必須であった。道満がその母神、つまり自身の妻に据えようと企んでいる女こそ他ならぬ瑠璃だと知った時の衝撃は、記憶に新しい。要するに夢幻衆は反発されると承知していたがゆえ、桃源郷のことを伏せていたに違いない。

「だがやはり腑に落ちないな。大体、俺には桃源郷という理想が不死よりも眉唾《まゆつば》に聞こえてならないんだ。この日《ひ》ノ本《もと》の一体どこに新しい世を作るというのか……ひょっとすると桃源郷の話には、まだ何がしかの裏があるのかもしれない」

「瑠璃さんは、どう感じたんだろうな」

言いよどむような権三の口ぶりに、錠吉は眉を上げた。

「桃源郷はあの人がずっと望んできた〝瑠璃の浄土〟になり得るだろう？　だから道満の考えを支持すべきかどうか、迷ってるんじゃないかと思って──」

するとと突然、

「おいっ、何言い出すんだよ権さん」

これまで黙していた豊二郎が声を張り上げた。

「道満や夢幻衆が、蓮音とかいうあの女が何をしたか忘れちまったのかっ？ あいつのせいで栄二郎は死にかけてる。こうしてる間にも俺の弟は三途《さんず》の川を渡ろうとしてるんだ。それなのに奴らの目標を支持するだなんて冗談じゃねえや。瑠璃がどう考えようと俺は認めねえからな、絶対に」

荒々しく言うと豊二郎は立ち上がる。

「落ち着け豊、仮定の話をしているだけだ。瑠璃さんにしたって夢幻衆に友を殺されたようなものなんだから、たとえ桃源郷の話に共感したとしても奴らの行いすべてを許しはしない」

「錠の言うとおりだぞ。熱くなるのもわかるが、座れ」

「何で二人ともそんな冷静でいられるんだよっ」

「お前にはそう見えるかもしれないがな、俺たちだって冷静ってわけじゃ……」

言葉が終わるのを待たずして、豊二郎は二人に背を向けた。

栄二郎の布団横へ行くと胡坐《あぐら》をかき、口を閉ざす。その背中を権三と錠吉は物思わしげに見つめるばかりだ。布団のそばに留まっていた黒蛇も、こちらを一瞥《いちべつ》しただけで何も言わなかった。

――わかってるさ、俺だって。権さんも錠さんも、瑠璃だって、栄をこんな目にあわせた夢幻衆をおいそれと許すはずがない。それくらいわかってる、けど。

苛立《いらだ》ちを同志にぶつけてしまう自分が嫌になり、豊二郎は唇《くちびる》を嚙《か》んだ。

栄二郎を救う方法は現状、一つしかない。薬種に精通している山姥《やまんば》の露葉に、妖力のこもった「源命丹《げんめいたん》」を作ってもらうのだ。それを飲めば栄二郎は失われた生命力を取り戻すことができるかもしれない。が、そのためにはまず露葉を裏朱雀から引き剝《は》がす必要がある。鬼の怨念に囚われてしまった露葉を、傷つけることなく救出しなければならないのだ。

さりとて鬼と鬼以外を斬り分ける唯一の可能性を持つ瑠璃は、未《いま》だ斬り分けの修行に成功していない様子だった。

――なあ栄二郎、頼むから死なないでくれ。俺にとってお前は双子の片割れ、たった一人の、弟なんだぞ……。

栄二郎の額《ひたい》にそっと手をあてがう。今でさえ微々たる温もりしか感じられないというのに、この温もりまでもがもし、消えてしまったら。嫌な想像がよぎっては豊二郎の胸をざわつかせた。

豊二郎と栄二郎は生まれた時からずっと一緒だった。辛い時も、哀しみに打ちひしがれた時も、二人は余すことなく感情を共有してきた。吉原を離れ別々に暮らすようになってからも、ずっと。

双子の絆というものは人が思う以上に深く、互いが互いを分身のように感じていると言っても過言ではない。少なくとも豊二郎はそうだった。

ふと考える。

——晴明公は、自分の弟をどう思ってたのかな。

平安京にて名を馳せた陰陽師、安倍《あべの》晴明。陀天いわく、かの人と蘆屋道満も双子の兄弟であったそうだ。

兄、晴明はいかなる考えを持ち、弟の道満をどのような目で見ていたのだろう。自分が栄二郎を想うのと同じく、晴明も道満を守るべき無二の存在として大切にしていたのだろうか。仮に晴明が今も生きていたなら、弟の味方をしてやるのだろうか。弟の理想が、他者を脅《おびや》かす過程を伴おうとも——。

と、横で飛雷の動く気配がした。

黒蛇はちょうど腰を上げた権三に視線を向ける。

「おい、権三。そろそろ瑠璃を起こしてこい」

「え？　でもまだ休ませておいた方が——」

「ならば様子を見てくるだけでよい。少しばかり気がかりなことがあってな……熟睡しておるならそのままにしておけ」

「ああ、わかったよ」

権三は大きな肩幅を縮こめながら二階への階段を上がっていく。一方で豊二郎は膳《ぜん》を片づけようとする錠吉を呼び止めた。

「あのさ錠さん、晴明公ってどんなお人だったんだ？」

「……？　どうしたんだ急に」

眉をひそめる錠吉。対する豊二郎はうまく考えがまとまらないながらも、何か重要な糸口を見つけたような気がしていた。

「ほら、錠さんは陰陽道の本をたくさん読んでたろ？　その中で晴明公の人柄とか思想がわかるモンはなかったか？」

「晴明公の偉業を記した本なら掃いて捨てるほどあったが……心の内がわかるようなものとなると、思い当たらないな」

「じゃあ安徳《あんとく》さまに聞いてみてくんねえか？　あの人って変に物知りというか、事情通なところがあるだろ？」

安徳は東寺《とうじ》の高僧。錠吉にとっての師にあたる。

「それはもちろん、構わない、が」

「何でかって聞きたいんだよな。俺も今思いついたばっかでちゃんと説明できねえんだけどよ、晴明公の人となりを知れば、道満の心を少しでも読めるんじゃないかと思ったんだ。何たって二人は双子だったんだからな」

この弁に「ほう」と錠吉が感心した時だ。

「大変だ！　おい錠、豊っ」

権三が只ならぬ様子で階段を駆け下りてきた。大らかな性分の権三がこれほど声を裏返すのは珍しい。何事かと訝《いぶか》る二人に向かい、

「瑠璃さんが、頭《かしら》が、し、死んでいる」

「は……？」

一体、何を言っているのか。錠吉と豊二郎は意味がわからず硬直した。誰より強く健康体である瑠璃が死ぬことなど、ありえないというのに。しかしながら権三はこんな質《たち》の悪い冗談を言う男ではない。

混乱する一同の中で、真っ先に行動したのは飛雷であった。

「瑠璃——」

火がついたように黒蛇はとぐろを解き、高速で階段を這い上がっていく。これを見

た男衆も我に返った。

「瑠璃、おい瑠璃っ」

「そんな……本当に、冷たい……」

二階の寝間に駆け上がった男衆が見たのは、両目を閉ざし、全身の筋が弛緩《しかん》した頭領の姿であった。血色のない肌は白さを通り越して透けそうなほど。呼びかけてもまるで反応がない。口に手をかざしてみても呼気を感じ取ることができない。

彼女の体は冷えきり、生気を完全に失っていた。

「おい冗談よしてくれよ瑠璃っ。栄もあんな状態だってのに、この上お前までいなくなるなんてふざけんな、起きろ馬鹿っ」

涙ぐみながら豊二郎は瑠璃の肩を揺する。錠吉も、権三も、突然すぎる事態に声をわななかせていた。

「信じられない。そこまでの重傷は負っていなかったのに、どうして。一晩の間に何があったというんだ」

「飛雷、何か知って――」

「静かにせい！」

龍神の怒気に男衆は思わずひるんだ。当の飛雷は蛇の鎌首をもたげ、鼻先で瑠璃の体を確かめていく。

「豊二郎、肩から手を離せ。ぬしもじゃ錠吉。誰も瑠璃に触るな……。揃いも揃って、我とこやつの魂が繋《つな》がっておると忘れてしもうたらしいな。うつけ者どもめ、我がこうして生きているのが妙だと思わなんだのか？」

「それじゃあ、瑠璃さんは」

こく、と黒蛇は首肯《しゅこう》した。

「死んだわけではない。が、生きているとも言えぬ」

どういうことかと男衆は問い詰める。片や飛雷は彼らの声が聞こえていないかのように、ひとりぶつぶつと述べ立てた。

「昨晩床《とこ》に就いてしばらくしてから心の声が聞こえなくなったのはこのせいか。我としたことが何たる手落ちじゃ。こやつ、久しく悪夢に悩まされておったのが、昨晩は思考を手放すほど深く眠れたのじゃとばかり……これは眠っておるのとも違う。何ぞ魂だけが、遥か彼方へ行ってしもうたかのような……」

「皆、ここにおったんやね」

一同は一斉に階段の方を振り返る。

疲れた顔でこちらを見るのは、妖狐《ようこ》の宗旦《そうたん》であった。

「宗旦、稲荷山から戻ってきたのか？　悪いが今はお前に構っていられないんだ、瑠璃さんが」

「知っとるよ。ごめん、皆」

妖狐は物々しい空気の中にあっていつになく落ち着いていた。細く吊り上がった狐の目がついと瑠璃の体に留まる。

「おいら、陀天さまに言われて瑠璃はんを送ってきたんや。瑠璃はんは、六道珍皇寺《ろくどうちんのうじ》の井戸から地獄に向かった」

「は？　宗旦、何を言って」

「地獄の閻魔大王《えんまだいおう》に呼ばれたんや。大王が陀天さまにお達しをしはって、陀天さまは、瑠璃はんの魂を井戸まで送るようおいらに命じはった」

ごめん、と妖狐は半べそをかきながら繰り返す。

「おいらかて瑠璃はんを地獄に送るなんて嫌やった。でも、し、仕方なかったんや。閻魔大王が直々《じきじき》に呼ばはったなら、誰も逆らえっこない。陀天さまはせめて見知った友だちに送らせようとしはって、それで、おいらに……」

くらくらと、眩暈《めまい》がするようだった。今や男衆も飛雷も、誰ひとりとして声を発することすらできなかった。

さようなことが現実に起こり得るのか。否《いな》、とてもではないが理解が及ばない。頭が追いつかない。しかし宗旦狐の声は、これが現実であると証明するかのごとく恐ろしげに震えていた。

「陀天さまが言うてはった。もし、もしも瑠璃はんが地獄から帰って来《こ》ぉへんかったら、つまりそういうことや。覚悟しとき、って。なあ錠吉はん、そういうことって、どういうこと？」

「…………」

答えはみな察しがついていた。

だが口にしてしまえば、それが現実になってしまう気がした。

「ねえ権三はん、豊二郎はんっ。飛雷はんも、何でみんな黙っとるん？　お願いやさけ誰か答えてや。瑠璃はんは戻ってくるよね？　まさか地獄に行きっぱなしなんてこと、あらへんよね？」

塒に深い沈黙がおりた。

一同は魂が脱《ぬ》けた瑠璃の体を、ひたすら呆然《ぼうぜん》と見つめるしかなかった。

一方、その頃。

――わっちはこれから、どうなっちまうんだ。

瑠璃はひとり、黄泉《よみ》を歩いていた。

一本道の暗闇にはぽつりぽつりと蠟燭《ろうそく》が揺らめき、赤黒い灯りで曖昧《あいまい》に行く先を照らすのみだ。この道がどこまで続いているかは知れない。どれだけ歩いたかも定かではない。道幅は人ひとりが歩くに十分であったが、いやに息苦しく、地面は泥が敷き詰められているかのように歩きづらい。腐《くさ》った汚泥《おでい》のごとき異臭が鼻を突いた。

瑠璃は怖々《こわごわ》と道の壁に触れてみる。途端、小さく悲鳴を上げた。

指先に感じたのは、人肌の柔らかさであった。

「おいで……」

「おい、で、ぇ……」

壁から聞こえてきた招き声に、ぞく、と全身が粟立《あわだ》つ。

瑠璃はこれまで黒雲頭領として数々の鬼や怪異を目《ま》の当たりにし、己の体が幼くなるという珍事にとて対処してきた。が、黄泉国へ行くという人生最大の異常事態にはさすがに、恐怖心を抑えきれない。

堪えかねた瑠璃は無言で駆けだす。不気味な声は四方八方から響いてきた。

「くふ、ふ、さあおいデ、一緒、ニ……」

ここは現世とは違うのだ。瑠璃は否応なしに理解した。これら声の主がどれも、亡者であるということを。

ある声は怒り、ある声は笑いながら瑠璃を追い立てる。

――聞いちゃ駄目だ。走れ、走り続けろ。

耳を貸せばたちまち壁の中に引きずりこまれてしまう。確信めいた恐怖が、死の感覚が、瑠璃の足をがむしゃらに動かす。

道を照らす蠟燭が途切れたのは突然のことだった。

「ここは……」

一本道を抜けて眼前に広がっていたのは、無限とも思える広大な空間だ。見渡す限り人影らしきものはない。遠く前方に見える建物は、何であろうか。暗闇の中で煌々《こうこう》と光るあれは、

――御殿《ごてん》、か？

一見するとかの菊丸《きくまる》が道場としていた建物に似ているが、しかしあのように毒々しい派手さはない。感じられるのは荘厳《そうごん》な雰囲気だ。黄金に輝く美しい建物に引き寄せられるように、瑠璃は広大な空間へと足を踏み入れる。

亡者の声はすでに聞こえなくなっていた。不思議に思い振り返ってみると、先ほどまでそこにあったはずの道は、音もなく閉ざされていた。

「そんなっ。これじゃ、どこから帰ればいいんだ」

言ってから、気がついた。

そもそも自分は帰ることができるのだろうか。この世界には最初から、「帰り道」など存在しないのでは――。

漠とした不安がたちどころに胸を覆う。まさしく一寸先は闇。ここで何が待ち構えているのかもわからぬ以上、生きて帰れる保証などあるはずがない。困惑する頭で辛うじて得心したのは、立ち止まったままでは、あの不気味な声の仲間入りをするしかないということだった。

――進む以外に、道はないんだ。

小さく見えていた建物は歩き進めるうちに段々と大きくなっていき、やがて瑠璃は御殿の門前に辿《たど》り着いた。

黄金の御殿には血を思わせる真紅の装飾が施され、全体が太陽よりもまばゆい輝きを放っていた。目を細めつつ門をくぐる。さらに一段ずつ踏みしめるようにして、広い階段を上がっていく。

そうして巨大な扉の前に立った時だ。

「来たか。滝野一族が末裔、瑠璃よ」

観音開きの扉がゆっくりと開かれていく。

果たして中から現れたのは、衣冠束帯《いかんそくたい》に身を包んだ、一人の貴人であった。

あまりのまぶしさに瑠璃はたまらず左手をかざす。身の丈が六尺を超える大柄な体は御殿よりもひときわまばゆい光を放っており、しかと顔立ちを窺《うかが》い見ることさえできない。

「ここは、一体……あなたは」

「吾《あ》は小野篁《おののたかむら》。閻魔大王が名代《みょうだい》として、汝をここ閻魔王宮に迎えん」

瑠璃は息を呑んだ。

目の前にいる貴人こそが平安時代、現世と地獄を往還して閻魔大王の補佐を務めたと伝えられる小野篁。そしてこの御殿は、大王が死者に裁きを下す閻魔王宮そのもの。つまり瑠璃は地獄にやってきたのだ。

よもや伝説の人物と、直《じか》に相まみえることになろうとは――。

声もなくたじろぐ瑠璃に向かい、篁は淡々と口上を述べた。

「大王の命により馳せ参じたといえども、汝が大王に謁見することは罷《まか》りならぬ。生者が大王のお姿を目にせば、その二つとなき威光により魂が潰れてしまうであろう。ゆえに吾が名代となりて汝を導かん。入れ」

閻魔王宮の内部は外から見るよりいっそう厳《げん》とした空気を漂わせていた。吹き抜けとなった大広間は一面が黄金と珊瑚《さんご》や瑪瑙《めのう》などの七宝《しっぽう》で彩られている。一体いくつの層があるのだろうか、螺旋状の階段は長くどこまでも続き、上を仰げども最上層がどの辺りにあるかすら確かめることができない。しかし広々とした空間に相反して、瑠璃は、王宮に足を踏み入れた時から今までにない息苦しさを覚えていた。

王宮の中には幾人もの人影があった。が、誰ひとり声を発しない。ただ黙々と、急ぐでもなく王宮内を歩きまわる者たち。体つきを見るに老若男女が揃っているらしいが、その顔にはいずれも牛や馬の面が着けられている。

——あれが、亡者を罰するとかいう獄卒か……?

体こそ人間とわかるものの、獄卒たちからは人らしい気配が感じ取れなかった。ふと瑠璃は、牛面を着けた一人に目を留める。

獄卒の手には槍《やり》が握られていた。その刃先から、ぽたり、ぽたりと滴《したた》る赤い雫《しずく》。

人の血であることは、疑いようもない。

「ここへ参りし者は、汝が三人目ぞ」

おののく瑠璃の心情など意にも介していないらしく、篁は唐突にそう切り出した。

「前の二人が訪れし後、大王は原則として冥土通いの井戸をご封じなされた。いかな力を有する陰陽師といえど、生者が易々と黄泉に参るようになっては困《こう》ずるゆえ」

「陰陽師？　あの、前の二人というのは……」

「あれは吾が元来の寿命を終え、真に地獄の官吏《かんり》となってから百年あまり経った頃か。一人目の生者がやってきた。名を安倍晴明。奇遇なるやな、それから数年を置いてやってきた二人目もまた、陰陽師の男であった。名を……蘆屋道満といった」

その名を耳にした瞬間、恐怖心が一気に吹き飛んだ。

「それは、まことでございますか。道満が地獄を訪れたと？」

いきおい胸が騒ぎだす。黒雲が血眼になり探している敵の親玉について、もしや篁は何か知っているのか。

「安倍晴明にせよ蘆屋道満にせよ、狐の血を引く言わば半妖。かの陀天どのの力を継ぐ存在や。そこへきて陰陽道を修《おさ》めたりともなれば、地獄へ参るほどの胆力を持っておったのも頷けようぞ」

「篁卿《きょう》。道満はどのような見た目をしていたか覚えていらっしゃいますか」

一瞬、篁は不審げに瑠璃を見やる。なぜそんなことを尋《たず》ねるのかとでも言いたげ

だ。ややあって、

「これという特徴はあらへんかったと記憶しておる。真っ白な髪、皺まみれの肌に、嗄《しわが》れた声。陰陽師の出で立ちであることを除けば、京のいずこにでもおるような翁《おきな》であったが」

――ということは、奴が地獄に来たのは爺《じじい》になってからってことか。

外見にわかりやすい特徴があれば道満を見つける手がかりになると思ったのだが、どうやら無駄だったようだ。瑠璃は少なからず落胆した。

「……いくら半妖であっても老いには逆らえないということですね。そんな昔の時点で年相応に老いていたのなら、今はどんな状態になっていることやら」

改めて疑問に思わずにはいられなかった。

道満は本当に今も、生者として現世に存在しているのだろうかと――。

「蘆屋道満の生存を疑っておるのか。されば答《いら》えん」

瑠璃の心を読み取ったらしく、篁はこう断言してみせた。

「道満は、今も生きておる。大王の威信に懸《か》けてこれは確実なることや。なぜならば死者は地獄の名簿帖にて漏れなく管理されるもの。道満は生者の身で地獄に参りしことあれど、死者として参りし記録はついぞ残っておらぬ」

「ですが、そうなると奴は八百年あまりも生きていることに――」

「寿命を延ばす術は様々なり」

いつの世も人という生き物は死を嫌い、あらゆる側面から不老不死を追い求めてきた。人魚の肉を食したり、他者の骸《むくろ》に魂を転移したり。他にも椿《つばき》の精油で霊薬を作るなど、効果はさておき延命法は数多く存在するという。

陰陽師である道満もそうした知識を持っていたことだろう。そして何がしかの術を実行し、おそらく人の歴史の中で初めて、大幅な延命に成功した。

だがそれでも完璧には至らず、彼は今なお永遠の命を渇望し続けている。

――八百年も長生きして、さらにこの先もずっと生き続けるってのは、どういう感覚なんだろうな……。

肉体もさることながら、心はどうなってしまうのだろう。永遠の命とはどうも漠然としすぎていてにわかには想像しがたかった。

ともあれ蘆屋道満が夢幻衆の妄想の産物などではなく、実際に存在しているというのは本当らしい。篁がここで嘘をつく理由もないだろう。

「篁卿、なぜ道満は地獄に参ったのです？　不死を望む男がわざわざ死後の世界を訪れるなんて考えられない。何が目的か、奴は口にしていませんでしたか？」

気を取り直して尋ねてみるも、

「もはや前置きはこれまで」

と、篁は瑠璃の問いを一蹴した。

こちらに向き直り、まっすぐに視線をくれる。

「汝こそわかっておるのか。なぜ己が、地獄に呼ばれたのかを」

篁の声は一転して不穏な気配を帯びていた。

「汝は生き鬼に、なろうとしたな」

「…………」

思わず目をそらす瑠璃に対し、地獄の官吏は粛々《しゆくしゆく》と言い連ねる。

「ここ地獄における裁きの概念は、現世のそれとは根本より違う。こと生き鬼となりし者には最も重き処分が言い渡される定め。生と死の理《ことわり》をねじ曲げる者は、よしんば生き永らえようとも、いつか必ずや反動が起ころう。それを人は〝天罰《てんばつ》〟と呼ぶ」

瑠璃の生き鬼化は不完全で終いになったとはいえ、ゆめゆめ見過ごすわけにはいかないというのだ。

「よって汝にも、然るべき〝罰〟を受けてもらおうぞ」

「罰、とは」

声が震えるのを、瑠璃はどうしても抑えられなかった。

生き鬼を救わんがため地獄への行き方を探し求めてきた自分が、まさか「罰を受ける側」として地獄へ来ることになろうとは。

――わっちはこのまま、地獄で過ごさなきゃならないのか。さっき、壁の中にいた奴らみたい、に……？

意図せず呼吸が速まる。すう、と体中に冷たい感覚が広がっていく。この感覚は以前にも数度、経験したことがある。

死の恐怖だ。

ところが次いで篁の口から告げられたのは、予想外の言葉であった。

「汝は生者。地獄の法にのっとり、死者が受けるのと同じ正式なる罰は与えられぬ。瑠璃よ、生き鬼の魂が集いし〝深獄《しんごく》〟に行け。そこで相応の罰を受けたなら、現世に戻ることを許そう」

「それでは、生きて帰ることが可能なのですねっ？」

勢いこんで問うと篁は首肯した。瑠璃の心にたちまち希望が満ちていく。

ただし彼の話には、まだ続きがあった。

「深獄へ行くには〝辣獄《らつごく》〟が第四房なる地を通り、さらに〝流獄《るごく》〟を進まねばならぬ。なおかつ汝は生者ゆえに本来、地獄にいてはならぬ存在。よって魂が保《も》つのはせいぜい二日ないし三日と心得よ」

「もし、その時限を超えてしまったら……？」

「汝の魂は永劫、地獄に留まり続けるであろう。時限は元より、地獄の圧に耐えきれなかった場合も然《しか》りや。現世に帰ることは二度と叶わぬ」

わずかなりとも希望を持った自分が浅はかだった。何の苦労もなしに帰還できるなどと、そのように生易しい場所であるはずがないのだ。

ここは地獄。罪を咎《とが》めるための地なのだから。

——栄二郎……露葉……。

愛する者、救うべき者。大切な同志や、討つべき敵。現世にはあまりに多くの心残りがあった。解決すべき問題も山積みだ。されどここ地獄から生きて帰らぬことには話にならない。

心が、焦燥《しょうそう》の内へと呑みこまれていく。

そんな瑠璃をよそに篁は左手を宙にかざした。

「大王が名のもと、辣獄が第四房を開錠す」

すると何もない宙空に大きな襖《ふすま》が出現した。中央には赤々とした「肆《し》」の字が書かれてある。篁の命を受けた獄卒が近づいてきて、襖を左右に開いていく。

瞬間、襖の向こうから凄まじい熱波が吹きつけ瑠璃の髪をなびかせた。

「……っ」

尻込みするのを急き立てるように、

「さあ、中へ」

篁に促され、瑠璃は力の入らぬ足で一歩、襖の向こう側へと踏み出す。

そこに広がるは灼熱《しゃくねつ》の空間。肌が焼けるかと思うほどの熱波。地には溶岩をたたえる池が無数に穿《うが》たれ、天からも止めどなく溶岩が滴り落ちていた。何よりも瑠璃の心胆を寒からしめたのは、灼熱空間の中で蠢《うごめ》く無数の亡者たちだ。ある者は獄卒により溶岩の池に沈められ、ある者は磔《はりつけ》にされ炎の責め苦にあっている。

数は、ざっと千人——。

つと、亡者の一人がこちらに視線をくれた。炎に溶けた目玉で上から下まで、瑠璃の全身をねめまわす。やがて亡者はニチャア、と笑みを浮かべた。

その笑みには、紛うことなき悪意が満ちていた。

「一つ、言い添えておこう」

背後で篁の声がする。

「そこにおるは己の利や欲望がためなら騙《だま》し、殺しすら厭《いと》わぬ者ども――いずれも現世でいうところの〝極悪人〟よ。死してなお生に飢え、生に嫉妬《しっと》し続ける」

頭の中で半鐘《はんしょう》が打ち鳴らされる。瑠璃は呼吸も荒く、棘獄を見渡す。

灼熱空間の遥か向こう、絶壁の崖の上に、別の襖が設けられているのが辛うじて見てとれた。

「然《しか》らば、これにて」

「待っ――」

短い言葉を最後に背後の襖は閉ざされ、跡形もなく消えてしまった。あとは自力でどうとでもしろということか。現世に戻る可能性を示唆していたものの、数多《あまた》の死者を管理する篁にとっては、瑠璃の魂ひとつが煮えようが焼けようが些末なことなのかもしれない。

襖のあった虚空を唖然と見ていた瑠璃は、不意に振り返る。

千の亡者たちが、ぞろぞろとこちらに向かい歩み寄ってきていた。

――こいつらの間を掻いくぐって、次の襖まで辿り着かなきゃいけないのか。

だが彼らの表情を見るに、大人しく道を開けてくれるとは到底思えない。おそらく戦闘は避けられないだろう。これが千の生者であったならまだしも、相手は亡者。そして最大の問題が、瑠璃の足をひるませていた。

――わっち一人でどうやって、この場を切り抜けろっていうんだ。ここに飛雷は、いないのに……。

悪い夢なら覚めてくれと、これほどまでに願ったことはない。

灼熱の気が充満する中、一歩、また一歩と詰め寄ってくる亡者の群れ。かつてない命の危機に、瑠璃は瞬《また》く間に青ざめていった。

二

しゅんしゅんと、火鉢の上の鉄瓶が白い湯気を上げる。

豊二郎は塒の居間でひとり生薬《きぐすり》をすり潰していた。慣れない手つきで乳棒を握りしめ、乳鉢の中の紅花《こうか》と黄耆《おうぎ》、蝮《まむし》からとれる反鼻《はんぴ》を粉状にしていく。

「待ってろよ、栄。兄さんが絶対に助けてやるからな」

できあがった薬を湯呑に入れ、温《ぬる》めに調えた白湯《さゆ》を注ぐ。つんと薬特有の臭いが鼻先を掠めた。薬種問屋で教わった薬湯《やくとう》はこれで完成だ。奉公人の話では、服用すれば否が応でも滋養の効果が出るとのことである。

豊二郎は祈るような心持ちで横たわる弟の首を支えると、ゆっくり唇に湯呑をあてがった。

「今度こそ、効いてくれよ……」

栄二郎の喉仏が微《かす》かに動き、ごくん、と薬湯が呑み下された。

が、どれだけ待てども弟は何ら反応を示さない。薬の味や臭いに眉をひそめる気配すら窺えない。知らず、豊二郎は長息《ちょうそく》を吐き出した。

「京で指折りの薬種問屋だっていうから期待してたのに、ぜんっぜん駄目じゃねえか。店の奴らめ、症状だってろくすっぽ聞いてこなかったし、粉にするのも自分でやれだなんてあんなの客商売として杜撰《ずさん》すぎる。俺ァ何のために大枚はたいたんだ」

試した薬はすでに七種。洛東に名医ありと聞いて向かうも骨折り損に終わり、京で知らぬ者なしとされる東洞院通《ひがしのとういんどおり》の薬種問屋に赴くも、中は賊にでも入られたかのように荒れていて、奉公人の誰も接客どころではないらしかった。そこを何とかと頼みこんで生薬を分けてもらったものの、効果の程は今見たとおり。他にも鹿苑寺《ろくおんじ》のそばに住む祈禱《きとう》師のもとへ藁《わら》にもすがる思いで足を運んだのだが、結局、渡されたのは紙くず同然の霊符《れいふ》だけであった。

「……やっぱり、露葉の源命丹に賭けるしかねえのか」

とそこへ、玄関の引き戸を開ける音がした。錠吉が帰ってきたのだ。

「錠さんっ。どうだった？　蓮音の足取りは？」

しかし心苦しそうに顔を伏せるや、錠吉は二度、首を振った。

「巨椋池《おぐらいけ》や宇治橋《うじばし》の周囲で聞きこんでみたんだが、手がかりは何も。裏朱雀を見たという証言もなければ怪しい気配も感じられなかった。たぶん蓮音太夫は拠点を移したんだろう。裏朱雀は手負いだが翼を持っているから、京のどこへでも行ける」

「あの女、うろちょろと逃げまわりやがって」

「……その様子だと豊、お前も収穫がなかったようだな」

錠吉と豊二郎は二人して肩を落とした。

瑠璃の地獄行きを知らされた豊二郎、錠吉、権三の三人は、おのおの別行動をして蓮音の行方《ゆくえ》を追っていた。裏朱雀の核にされてしまった露葉を救い出し、栄二郎に飲ませる源命丹を調合してもらうためだ。瑠璃が不在の中で露葉を救出する方法はなきに等しいのだが、かといって手をこまねいてばかりもいられなかった。

「俺はあの麗《うらら》って子を探しに四条河原へ行ったけど、まあ案の定というか無駄足だったよ。もしかしたらあの子も蓮音と一緒に行動してるのかもな」

半人半鬼の童女、麗は、夢幻衆の一員でありながら他の三人とは心根がまったく異なる。麗は強制されて夢幻衆に身を置いているのであって、道満の不死を望んですらいなかった。

さりとて彼女には瑠璃への個人的な恨みがある。たとえ夢幻衆からの離脱を望んでいたとしても、瑠璃がいる黒雲に味方することはないだろう。

「蓮音の足取りをつかめそうなところであと残ってるのは、島原《しまばら》くらいか」

「ああ。権が何かしらの情報を持って帰ってくるのを期待しよう」

そう言いつつも錠吉の表情は浮かない。理由は聞かずとも明らかだった。

――前に瑠璃が島原へ行った時だって、大した情報もなく帰ってきたんだ。今行ったところで一緒だろうな……。

「帰ったぞ、お前たち」

噂をすれば何とやら、二人の沈黙を破ったのは権三の声である。だがやはりと言うべきか、彼の面持ちにもまた暗い影が差していた。

嫌な知らせが二つある。居間に上がるなり権三はそう口を切った。

「一つには、残念ながら蓮音太夫の行方を知る者はいなかった。もう一つには――島原が全焼した」

「何だって？」

豊二郎と錠吉はたちまち眉間《みけん》に皺を寄せた。

「焼け跡の片づけをしてた白浪楼《しらなみろう》の若い衆に聞いたんだが、何でも深夜に不審火が起きたらしい。錠、南の空が赤く染まっているのを見たと言ってたろう？　あれは島原で起こった火事だったんだ。島原も吉原と同じで堀や土塀で囲まれているから、外にはさほど延焼せずに済んだみたいでな。けれど中は……」

悲惨と言うしかない、と権三は語尾を細らせた。

深夜とはいえ発見が早かったために大門と西門から逃げおおせた者も多かったそうだが、それでも火事は相当な数の死者を出した。島原はしばらく仮宅での営業を余儀なくされるだろう。権三いわく松葉屋《まつばや》の瀬川《せがわ》は瑠璃との再会から程なくして江戸に帰ったとかで、今回の火事に巻きこまれていないことがせめてもの救いと言えた。

「……不審火ということは、下手人《げしゆにん》はまだ知れないんだな」

「ああ。お役人も京中で起きてる他の盗みやら殺しやらで手一杯だし、そのお役人の中でさえ事件を起こす輩が現れてるみたいでな。とても島原の件にまで人員をまわせないんだろう」

この時分は空気が乾いているせいで火災も起こりやすい。島原の火災もちょっとした不注意や事故で発生したものなのでは、という説があるそうだが、

「実は話をした若い衆がとある噂話を教えてくれたんだ。火をつけた下手人が、島原から失踪した蓮音太夫ではないかとな」

この言に豊二郎は表情を変えた。

「あの女が……？」

「火の出所も太夫がいた白浪楼だ。でも火つけの瞬間を目撃したのは目があまりよくない老婆の遣手《やりて》が一人きり。そのせいでろくに信じられていないようだが――」

微妙な静けさが漂った。三人は口に出さずとも、心の中ではまったく同じ考えに至っていた。

あの女であればやりかねない、と。

しかし仮に蓮音が下手人だとして、何ゆえそのような凶行に及んだのだろう。島原は蓮音の古巣であるが、もはや何の関係もないはずなのに。

権三はくだんの遣手と会話を試みたそうだ。が、どうも目が悪いというのは本当らしく、蓮音のその後を聞けども曖昧な答えしか返ってこなかった。

「あっ。そういえば、島原でもう一つ嫌なことを聞いたんだった」

「まだあるのかよ……」

勘弁してくれと豊二郎は頭を抱える。

「そう言わずに聞け。これも蓮音太夫に関することだ。何でも太夫には過去、子どもが一人いたらしくてな」

「子ども？　まあ、遊女なら珍しくもない話か」

かくいう豊二郎と弟の栄二郎も、吉原の遊女が母親である。誰が父親ともわからない中で二人は産まれ、生きてきたのだった。

「……そうだな。遊郭ではよくあることだ。蓮音太夫は高位の遊女だったからそこまで懐妊を咎められることはなかった。そうして無事にお産を終えたんだが、その赤子、ひと月と経たないうちに早世してしまったそうで」

「何と、気の毒な」

たまらず声をくぐもらせる錠吉。仏頂面《ぶっちょうづら》をしていた豊二郎も、これを聞いては視線を下へ落とさずにはいられなかった。

——太夫なら子育てだって許されただろうに。そりゃさすがに、可哀相だな……。

してみれば蓮音太夫の血も涙もない性分は、我が子の死が関係していたのかもしれない。

豊二郎はもうすぐ父となる。妻、ひまりとの間に待望の子が生まれるのだ。むろん夢幻衆の所業を許すわけではないものの、愛《いと》しげに腹を撫でるひまりの様子を思い浮かべると、少しばかり蓮音に対して同情心を覚えた。

「その赤子は蓮音太夫だけじゃなく、伯父《おじ》にあたる蟠雪や菊丸にとっても大切な存在だったろうにな。何しろ百瀬《ももせ》の血を引く子なんだから」

不意にそうつぶやいたのは錠吉だ。

「……百瀬の〝血〟？　百瀬っていやあ、菊丸が興《おこ》した邪教の名称だろ？」

「ああ、実は百瀬真言流《しんごんりゅう》と夢幻衆に結びつきがあると知ってから、一つ推測を立てていてな」

夢幻衆のうち、今は亡き菊丸と蟠雪、そして蓮音は血の繋がった兄妹であることがすでに明らかとなっていた。百瀬真言流の「百瀬」とは、彼ら三兄妹の苗字ではないか――果たして錠吉の推測は当たっていたらしい。

蟠雪は死ぬ前にこう言っていた。夢幻衆は「土御門家《つちみかど》」ではないと。安倍晴明の血筋を継ぐ土御門家は、今や陰陽師への免許皆伝の権利を幕府から与えられている。民間の陰陽師とは一線を画し、土御門家の発行する免状を持たぬ者は陰陽師と名乗ることすら許されない。

「おかしな話だ、平安の時代ならいざ知らず、今の世で強い力を持つ陰陽師といえば陰陽道の宗家、土御門家くらいしか残っていないというのに。それにあの時の蟠雪の物言《くちお》いは口惜しげというか、どことなく土御門家に、恨みを抱いているように聞き取れた……」

その答えが、「百瀬」であった。

「百瀬家は土御門家の血筋に連なっていながらも、その昔、宗家に見捨てられた一族だったんだ」

平安の時代、貴族たちから重宝がられ華々しい活躍を遂げた陰陽師であったが、その栄光はあまり長続きしなかった。時代が下るに従って段々と権威を失っていき、凋《ちょう》落《らく》の一途を辿る陰陽師の中で、辛うじて生き残ったのが土御門家。百瀬家は、その末端に属する家柄であったという。

やがて公家《くげ》を政《まつりごと》の主体とする世から武士の世へと移行していくにつれ、陰陽師はいっそう肩身が狭くなっていく。難解な星読みや占術でなく武力こそが重視されるようになった時代、武将の中には陰陽師を軍師として登用する者もいたが、大半はその逆。わけても豊臣秀吉《とよとみひでよし》は怪しげな予言によって人心を惑わし、さらには嫡男《ちゃくなん》である秀《ひで》頼《より》の呪殺を企んだ疑義で、陰陽師を徹底的に弾圧した。俗に言う「陰陽師狩り」である。これにより安倍晴明の時代から受け継がれてきた貴重な秘伝書や祭祀具《さいしぐ》の大半が焼かれた上——実に残念なことだが、仏教や神道と並び崇められた「真の陰陽道」はこの時をもって失われたと言えるだろう——、秀吉の怒りを買った土御門家は、京から尾張国《おわりのくに》に配流されてしまった。

当然ながら百瀬家も宗家と運命をともにする腹であったのだが、

「土御門家は、百瀬家を京に置き去りにしたんだ。配流先で末端の家の面倒まで見切れないから、となｌ」

「けど百瀬家にとっちゃその方がよかったんじゃねえか？　流罪にならないで済むんだしさ」

　こう口を挟んだ豊二郎に、今度は権三が持論を述べた。

「追放刑はもちろん大変な不名誉だろうさ。けれども見方を変えれば、陰陽師への風当たりが厳しい京から逃げて、細々とでも血脈を繋いでいくことができる。そうだろう、錠」

「そのとおり。実際、土御門家は後に天下を取った徳川家の庇護を受けて復活した上、諸国にいる陰陽師の支配権まで獲得したんだ。追放されるのと京に留まるのと、どちらが安全だったかは言うまでもないな」

　人は神秘なる力を敬い、かつ忌避もする。土御門家という後ろ盾さえも失って弾圧の渦中に取り残された陰陽師はどうなるか。かつて黒雲の前身である呪術師一族「姦巫《はとのかい》」が迫害に喘《あえ》ぎ苦しんだのと同じで、おそらくは百瀬家も、世間から隔絶されて生きるしかなかったに違いない。蓮音たち三兄妹はそんな百瀬家に生まれ、差別を耐え忍んできたのだ。

「……あいつらが差別のない桃源郷を作りたいと思う裏にゃ、それなりの事情があったってわけかよ」

錠吉は静かに頷いてみせた。

「百瀬の末路をつぶさに知り得たわけではないが、当たらずとも遠からずといったところだろうな。道満はその生き残りである三兄妹を見つけ、桃源郷の理想を説き、自分の手足となるよう陰陽道を仕込んだって寸法だ」

「なるほどな……そんな生い立ちだったら、桃源郷の話がことさら魅力的に響いただろう。しかしそう考えると蓮音太夫はなかなか不遇な女子だ。虐《しいた》げられる家柄に生まれ、実の兄を二人とも亡くし、我が子まで喪《うしな》ってしまって」

権三がしんみりと言うものだから、豊二郎はいきおい眉をひそめた。見れば錠吉も思案げにため息をついているではないか。

「おい二人とも、まさかあの女に同情してんのか？」

「そう言うお前こそ、錠の話をいつになく神妙に聞いていたじゃないか」

言い当てられて内心どきりとしつつも、即座にしかめっ面を作ってみせる。

「そりゃ子どもが死んじまったのは気の毒と思わないでもねえが、蟠雪と菊丸が死んだのは自業自得じゃねえか。虐げられる苦しみを知ってるって割にゃ、あいつらの心は残忍で、ずる賢くて、他人の命をこれっぽっちも大事と思っちゃいねえ。そんな奴らが世にも美しい桃源郷を作るだなんて、ちゃんちゃらおかしくて臍《へそ》が茶を沸かすってなモンだろうが！」

たとえどんな理由があろうとも、他者を都合よく利用し、死に追いやっていいはずがない。蓮音たちの半生が不幸なものであったからと言って、悪行を働いていい理由にも、許される理由にもなり得ない。

豊二郎のきっぱりとした口上に権三と錠吉は少なからず驚いていた。やがて二人は無言で視線を合わせ、小さく頷きあう。

同情に揺れていた心が闘志を取り戻したらしかった。

「はあ、年下のお前に気づかされるとは俺も錠もまだまだ甘いな。お前の言うとおりだよ豊。黒雲が戦う意志は変わらないとも」

「あったりめえだろっ」

「とはいえ今は三人しかいないんだが……そうそう、栄の様子はどうだ？」

権三の問いに豊二郎はかぶりを振った。

「変化なしさ。良くも悪くも」

「やっぱり普通の薬じゃ効き目がなかったんだな。おいおい、そんな顔するな。栄がお前や瑠璃さんを置いて死ぬなんて考えられないだろう？」

「まったくだ。瑠璃さんだって栄を置いて死ぬことは絶対にありえないしな。で、その瑠璃さんは？」

「あいつなら今も飛雷が――」

と言いかけた、その時である。

玄関の戸が騒がしく開いたかと思うと、

「瑠璃ッ」

一人の老僧が大声を上げながら塒に駆けこんできた。途端に錠吉の目つきが険しくなる。

「安徳さまっ？　なぜいらしたのです、今日は大事な講釈がある日だとおっしゃっていたでしょう？」

弟子である錠吉に咎められても右から左。安徳はぜえぜえと息を切らしたまま声を上ずらせた。

「ここ、講釈なんぞどうでもええわいっ」

「どうでもいいとは何ですっ、京がこんな時だからこそ僧侶の務めを果たすべきでしように。あなた、権大僧正《ごんのだいそうじょう》としての立場をお忘れですか？」

「瑠璃が地獄に堕ちたと聞いておちおちお喋りなぞしとれんわっ。講釈なら他の者に頼んだ。して、瑠璃は今どこに？」

「……っとに、言うことを聞かない……」

ぼそりと毒づく錠吉の横で、豊二郎と権三は急な来訪に目を丸くしていた。

どうやら錠吉は洛南からの帰りしなに東寺へ寄り、安徳に瑠璃の件を話したようだ。老僧にとって瑠璃は娘も同然。重要な仕事をも放り出してこの塒へと駆けてきたらしかった。

渋々といった面持ちで錠吉は師を二階へ案内する。豊二郎たちもそれに続く。一方、狭く急な階段をのぼりながら安徳はたいそう立腹していた。

「お前たち、こぞって塒を空けておったのじゃろう？　今日は何事もなかったようじゃが、誰もおらん間に夢幻衆がここへ来たらどうするのじゃっ」

「あ、それなら大丈夫ですよ、俺が塒の周りに結界を張ったんで。栄二郎抜きの結界ですけど簡単には邪気を寄せつけません。東寺の結界と似たようなモンですね」

「しかしそれだけでは心許なかろうて」

「はい、なのでちゃんと護衛を――」

そこまで言って豊二郎は「ぶふッ」と声を詰まらせた。階段の途中でいきなり安徳が動きを止めたものだから、老僧の尻に顔を突っこんでしまったのだ。

安徳の視線の先には黒光りする謎の生き物がいた。伝説に聞くツチノコとはかような見た目であろうか——その腹はこんもりと膨《ふく》れ、口からは、人の足が一本飛び出していた。

「ギャアア瑠璃イィッ！」

高僧らしからぬ声で叫ぶなり、安徳は黒い生き物を殴りつけた。

「やめよ、瑠璃を吐き出せっ。さては夢幻衆の差し金か？　だから結界だけでは足らんと言うたのじゃっ。これ物《もの》の怪《け》め、この子を食らうなら代わりに儂《わし》を食えッ」

男衆が慌てて安徳を押さえる中、

「……ぬしのような老体を食うくらいなら枯木を食うわ。安徳、このたわけめ」

大蛇となった飛雷は白けた目で安徳を流し見た。

豊二郎ひとりで張る結界だけで万全だろうか、塒の守りをもっと固められないものか。そう男衆が話しあっていた折、ならばと飛雷が名乗りを上げたのだ。蛇の体を肥大させ、瑠璃を丸呑みにして腹の中で守っていたのである。

これが最も安全じゃろう——そう言って栄二郎も呑みこんでやろうかと提案した飛雷に対し、豊二郎は感謝しつつも丁重に断った。

——いくら意識がないからって、あんな風に丸呑みにされたんじゃ俺の弟が不憫すぎるもんよ……。

複雑な目で大蛇を眺める豊二郎。老僧の騒ぎように権三は空笑いし、錠吉は腕組みをしながら師を睨《にら》む。当の安徳はといえば場の空気を察して平静を取り戻したか、「んんッ」と大げさに咳払いをした。

「そうか、飛雷が守っておるなら心配はいらんな。ひと安心じゃのう、ふぉっふぉ」

「ぬしの言葉は生涯忘れんぞ。龍神たる我に向かって物の怪、となァ……」

「す、すまん飛雷、勘違いだったのじゃっ。ほれ、お前さんは確か鯖寿司《さばずし》が好物なのじゃろう？　買《こ》うてくるから許しておくれ」

「ふん。いづ、い、いづうの品しか認めんぞ」

やっと機嫌を直した飛雷に冷や汗をかきつつ、安徳は懐《ふところ》から袱紗《ふくさ》を取り出した。

「やれやれ。では落ち着いたところでさっそく始めるかのう」

「安徳さま、何をなさるおつもりで？」

そう尋ねる権三に対し、老僧は袱紗に挟んであった紙切れを見せた。

紙切れには何やら赤い印が捺《お》してあった。蓮の葉の上に燃える、五芒星《ごぼうせい》が刻まれた人魂《ひとだま》のごとき実。見るに不思議な印である。

「これは〝五行之印《ごぎょうのいん》〟というてな、洛東の真如堂《しんにょどう》で授かった護符よ」

四季折々の景観が美しい真如堂は、正式な名を真正極楽寺《しんしょうごくらくじ》という天台宗、いわゆる台密《たいみつ》の寺だ。安徳が属する東密《とうみつ》も同じ密教とはいえ、宗派の異なる真如堂からわざわざ授かった札とはいかなるものなのだろう。

老僧いわくこの印には、かの安倍晴明に関するこんな謂《い》われがあるという。

かつて晴明は難病を患った末に逝去し、黄泉国へ行くことになった。しかし定められた寿命を終えたわけではなかったようで、地獄の閻魔大王から「今はまだ黄泉に参るべき魂にあらず」との判決を受けた。かくして現世へ戻るにあたり、大王は晴明に印紋を授けたそうだ。それが五行之印。この印を持つ亡者に往生を約束し、かつ不慮の死から生者を救うという、霊験あらたかな代物である。蘇生した晴明は大王に託された使命に従って現世の人々にあまねく印を施し、往生への道を示したとされる。

つまり安徳は黄泉国から生還した晴明にあやかり、瑠璃も無事に現世へ戻れるよう祈願しようと考えたのだった。

「そいつぁ驚いた。まさか晴明公も地獄へ行ったことがあっただなんて」

地獄へ呼ばれた黒雲頭領、瑠璃。同じく地獄行きの経験を持つ陰陽師、安倍晴明。さても奇縁というべき類似である。戸惑い気味につぶやく豊二郎を見るや、安徳はふと思い出したように手を打った。

「そういえば錠吉から聞いたぞ。豊二郎、お前さん、晴明公のお人柄を知りたいそうじゃな」

「はい、晴明公のことを知れば道満の野郎がどんな奴かも見えてくるかと思って」

「ほう？　まあ確かに、数ある伝説の中で晴明公と道満はよく対《つい》にされておるからの。ならば一つ、知っている伝承がなくもない」

いきおい身を乗り出した豊二郎に対し、

「奇遇にもこの秘印にまつわる伝承よ。今ほど言うた、晴明公が地獄へ行ったという話じゃが……あれは晴明公の神秘性を高めるための作り話であり、真相は別にある、という説があってのう……うぅむ」

「何です？　勿体《もったい》ぶらないで早く教えてくださいよ」

しかし安徳は坊主頭をさすりながら、何事か考えこんでいる風だ。

「今から話す説はほとんど世に知られておらん。それこそ作り話ではないかと世間に受け入れられなんだからじゃ。話の中の晴明公があまりにも人間くさく、神秘性から遠くかけ離れていたというのが、大きな理由やもしれんが」

「伝説とは得てして虚構で塗りたくられたものでしょう。だとしたら、神秘性に欠けた話の方が真実ということもあるのでは？」

錠吉の言に老僧は「ふむ」と首肯した。

「なるほど的を射ておろう。ただなあ、儂もこの話にはどうも半信半疑なんじゃ。何せ話の中で晴明公と道満が、実の兄弟であったとされておるのじゃから」

「えっ？」

男衆は思わず顔を見あわせた。

「いやいや安徳さま、そりゃなおさら信憑性が高い話じゃないですかっ」

はてと首を傾げる安徳に、すかさず錠吉が説明を加える。

晴明と道満は真に兄弟、しかも双子であったと。稲荷大神である陀天から聞いたことなので間違いないと聞くや、老僧はこれでもかと目を剝《む》いた。

「何と何と、そうじゃったのか……ではあの話は、真実であったのか」

当惑気味にこぼしつつ、改まったように男衆へと体を向ける。

「あいわかった、ならば心置きなく話そう。地獄行きにまつわるもう一つの伝説を。晴明公が地獄へと赴いたのは、不慮の死が理由ではない。その背景には弟、道満との深い確執があったのじゃ。晴明公と道満は――」

とっぷりと夜が更けた頃。

賀茂川《かもがわ》にかかる橋を豊二郎は足早に歩いていた。安徳が教えてくれた、下鴨《しもがも》神社の近くにいるという腕利きの薬師《くすし》を訪ねるためだ。錠吉と権三からはいい加減に休むよう諭されたのだが、弟の苦しむ様を見てはやはりじっとしていられなかった。

――安徳さまの話から晴明公の思想は何となくわかったけど、結局のところ、道満に関する手がかりはつかめなかったな……。

北方の空が暗雲に陰りだしたかと思うと、冷たい北山時雨《きたやましぐれ》が降ってきた。

双子というのは複雑だ。立ち止まって雨を頬に受けながら、豊二郎はつくづくそう思った。

安徳の語りを聞くに、晴明と道満は双子でありながらも性分やものの考え方がまったく異なっていたらしい。負けん気が強い豊二郎と和を好む栄二郎の二人が、正反対であるのと同じように。

――双子の兄貴ってな本当に大変さ。いっつも弟の心配をしてやきもきしなきゃならねえんだから。きっと晴明公も、一緒だったんだろうな。

この世に産声を上げるのが後か先か。そんな天の悪戯《いたずら》ともいうべき偶然だけで兄とみなされ、弟を案じ続けるのが定めなら、産まれてくる順序が違えば状況も変わっていたのだろうか。晴明と道満の立場も、自分と栄二郎の立場も、ひょっとしたら変わっていたのだろうか。

実を言えば豊二郎と栄二郎の双子は、どちらが先に産まれたかが定かではない。吉原の端女郎であった二人の母、鈴代《すずしろ》が独りきりで双子を産み、そのまま息絶えてしまったからだ。後に駆けつけた妓楼《ぎろう》のお内儀《かみ》は判然としないままに豊二郎を兄、栄二郎を弟と決めたのだった。親がいないために二人はことさら互いを分身と感じ、そして豊二郎は、「兄」として心身ともに弟を守らんと思い定めてきた。

結界役として戦う理由も然りだ。頭領である瑠璃や同志たる錠吉と権三を守るのはもちろんのこと、豊二郎は何よりたった一人の双子の弟、栄二郎を守りたかった。

それなのに——。

苦い感情が喉元にこみ上げる。

「栄二郎にしろ瑠璃にしろ、あいつら、いつまで冬眠する気だよ。熊でもあるめえしとっとと起きやがれってんだ……」

弟は今、暗く深い眠りの中で何を思っているだろう。豊二郎にはわかっていた。生死の瀬戸際にあってもなお、彼の心には恋い慕う女、瑠璃がいるのだと。

「わっかんねえんだよなあ。そりゃ瑠璃は美人だし一緒にいて飽きねえが、あんなものぐさで、そのくせ俺たち男衆より肝っ玉が据わっておっかねえ女とどうこうなんて俺ァ考えたこともねえよ……ま、いい奴だってのは認めてやるけどさ」

双子といえどその実、豊二郎と栄二郎は性格も違えば、女子の好みもまるで異なるのだった。

本当であれば弟の恋路を陰ながら応援してやるのが兄の務めだろう。だが諸手を挙げて、というわけにもいかない。

「仮に瑠璃と所帯を持つなんてことにでもなってみろ、大変なのは栄二郎だぞ？　何てったって瑠璃は五年も一人旅に出ちまうくらいの女だ、ひとところに落ち着くとはとても考えらんねえ。そもそも――」

不意に思い起こされたのはある日の会話だ。あれはいつのことだったろう。確か、京に来てしばらくが経った頃だった。

「おい栄、権さんから聞いたぞ？　瑠璃は今でも播磨《はりま》のお殿様、酒井《さかい》忠以《ただざね》公のことが好きらしいじゃねえか。あの人はもう、死んじまってるってのに」

ともに魚屋へ食材を調達しに行った帰り道のこと。

こう切り出した兄に対して栄二郎は、

「知ってるよ。それだけ瑠璃さんが忠以公を好きだったってことでしょ」

諦めたような、仕方がないとでもいうような口ぶりであった。しかしながら栄二郎とて瑠璃への気持ちを思い切れたわけではないだろう。むしろ年月が経つほどに想いが強くなっていることを、豊二郎は知っていた。

「あのよ栄。こう言っちゃなんだが、もうそろそろ諦めどきなんじゃねえか？」

「……諦め、どき」

「瑠璃は死んだ忠以公が好きで、お前はその瑠璃が好きでって、そんなややこしい状態が報われる日が来ると思うか？　あいつはいいとこお前を弟分としてしか見てねえんだ。何たってあいつと初めて会った時、俺らはまだガキだったからな。今さらそれ以上の関係を築くなんてよっぽどのことがない限り難しいし、お前だっていつまでも振り向いてくれねえ女を想い続けるのは、その、しんどいだろ」

栄二郎はしばらくの間、前を見たまま黙りこくっていた。

「心配してくれてありがとう、兄さん。でも俺の気持ちは、やっぱり変わらないよ」

そう述べる弟の面差しには、いつもの朗らかさと、一抹のやるせなさが交差しているように見えた。

「そもそも瑠璃さんへのこの想いが、必ずしも報われなくたっていいんだ。俺はただあの人のそばで、あの人を支えたい。それが俺の、一番の願いだから……」

「本当に、それでいいのかよ」

弟の微笑みを思い返しながら、豊二郎は濡れそぼる橋桁《はしげた》を見つめた。

むろん栄二郎の心境は理解できる。見返りを求めない弟の漢気《おとこぎ》を、兄として称えたいという気持ちも大いにあった。しかしながら彼の将来を考えると、やはり心配の方が勝ってしまう。

「報われない可能性の方がずっと高いかもしれねえのに、そうわかってて想い続けるなんて、さ……」

栄二郎の養父となった鳥文斎栄之《ちょうぶんさいえいし》もまた、義理の息子の将来を案じ様々な縁談を用意していた。ところが当の栄二郎はありがたがりつつも縁談のすべてを蹴ってしまった。もしかしたら新たな縁が、彼の真なる幸せに結びついたかもしれないのに。おまけに栄二郎は吉原で瑠璃に「好きだ」と告げたのを最後に、それ以上のことを一切していなかった。豊二郎はもどかしくてならなかった。

いっそのこと、一緒になってくれと瑠璃に正面を切って伝えてはどうか。自分がひまりにしたように――ある時見かねてそう提案したものの、栄二郎が首を縦に振ることはついぞなかった。想いを再度告げることで瑠璃に負担をかけたくないと考えているのだ。

「でええいもうッ。何で俺がこんなに悩まなきゃいけねえんだよっ？　栄の奴め、瑠璃ばっか優先して自分の気持ちはてんで無視か。ちったあ我儘《わがまま》に振る舞ってみろってんだっ。瑠璃に至っちゃあいつの気持ちに気づいてもいねえし――」

が、わしわしと頭を掻いたのも束の間、待てよと豊二郎は思い直す。

蓮音の呪術によって栄二郎の息が止まったあの時、瑠璃は物凄《ものすさ》まじい憎しみを噴出させ、生き鬼にまでなりかけた。さらには稲荷山にて診察を渋られたあの時、栄二郎が助かるなら自身はどうなっても構わないと、唯一の腕である左腕を陀天への供物にしようとした。と、いうことはだ。

「……もしかしたら瑠璃も、栄のことをいつの間にか男として見るようになって……てか、あれ？　そういや権さんがさっき、栄が瑠璃を置いて死ぬことはないって言って、そしたら錠さんが、瑠璃も栄を置いて死ぬなんてありえない、って」

だとすると二人とも、知っていたのだろうか。

栄二郎と瑠璃が両想いだということを。

権三はともかく、色恋沙汰《いろこいざた》にまるで無頓着《むとんちゃく》そうな錠吉までもが――。

「は？　はァァ？　嘘だろ、まさか気づいてないの俺だけだったのかっ？」

混乱に白目を剝いた矢先、川岸でガシャン、と大きな物音がした。

何事かと驚いた豊二郎は橋の欄干《らんかん》から身を乗り出してみる。

暗がりに目を凝《こ》らせば、大勢の男が川沿いに建つ一軒の家に群がっているのが見えた。立派な外観からしてあれは大店の主の別宅であろうか。男たちの胴間声《どうまごえ》。絹を引き裂くような女の悲鳴が耳に届く。

目下、京では押しこみや打ちこわしの類が各所で多発していた。禍ツ柱の邪気に触れて自制心を失った人々は、欲望のままに壊し、犯し、奪う。あの家でも今まさに強盗が起きているのに違いなかった。

助けに向かった方がよいだろうか。逡巡《しゅんじゅん》していると、橋の西詰から二本差しを佩《は》いた役人たちが慌てた様子でやってきた。

「急げ、あの家やっ」

「こないけったいな事が相次ぐなんて、今の京はどうなっとるんや……」

役人たちは豊二郎のそばを通り過ぎ、そのまま現場へと駆け足で向かっていく。

「……ふう、よかった。鎖《くさり》の結界で何とかしてもいいけど、下手したらもっと大騒ぎになっちまうし、ここは役人に任せるべきだな」

役人たちの背中を見送ってほっ、とひと息ついた時。

「えっさ、ほいさ」

緊迫した雰囲気にそぐわぬ陽気な声。

見れば珍妙な集団が東詰からやってきて、こちらに気づかぬまま脇を通り越していくではないか。

「よしお前たち、今晩も走るぞっ。次は上七軒《かみしちけん》、ろくろ首の姐《あね》さんのところだ」

「了解なのだっ」

「うひょお、上七軒って言やあ京きっての花街《かがい》じゃねえか。そうとくりゃこの俺サマが一番乗りだぜえぇッ」

豊二郎はしばし無言で彼らを眺める。

それは馴染みの妖たちだった。信楽焼《しがらきやき》の付喪神《つくもがみ》であるお恋《れん》。油すましの油坊《あぶらぼう》。狛犬《こまいぬ》のこまに、髑髏《がしゃどくろ》のがしゃ——みな豊二郎がそこにいるとは露知らず、互いに声をかけあいながら和気あいあいと橋を渡っていく。

「……いや待てえいッ」

ビクン、と妖たちが足をすくませる。おっかなびっくり振り返り、豊二郎の顔に目をやる。直後、一同は幽霊でも見たかのように叫ぶが早いか再び走りだした。

「わあああああ」

「ヒイイヤア」

「おい待てお前ら、俺だ、豊二郎だっ。どうして逃げるんだよっ」

瑠璃と袂《たもと》を分かって以来、行方をくらましていた妖たち。彼らは今、どこへ行き、何をしようと企んでいるのか。

訳がわからぬまま豊二郎も妖たちの背中を追って駆けだした。

洛南は宇治の川沿いに、古ぼけた民家がひっそりと建っている。

一見すると人気《ひとけ》もなく荒れた空き家で誰も近寄ろうとしないのだが、これは幻。ひとたび対応する鍵を使えば本当の姿があらわになる。

桃の香が立ちこめる家屋——ここが島原一と称された太夫、蓮音の根城《ねじろ》であった。

「黒雲の塒に、結界やて?」

蓮音は長煙管《ながギセル》を手に苛々《いらいら》と煙を吐き出す。

聞き返された麗は相手の機嫌を損ねぬよう、慎重に頷いた。

「はい、蓮音さま。せやさけ中の様子はいまいちわからへんくて」

「あの双子は二人で結界を張っとったけど、弟はもう使いモンにならへんはずや。兄だけで張った結界ならぶち破ってまえばよかったやないの」

「でも思いのほか固くって……それに、結界を壊したら向こうを警戒させてまうだけやと思ったんです。単に偵察だけで、そこまでせんくてもええかと」

「何なんお前。あてに口答えするん」

太夫の怒気を感じ取った麗はすぐさま頭を下げる。つい余計なことまで口走ってしまった。片や蓮音は顔を背け、聞こえよがしに舌打ちをした。

「ったく役立たずな子やえ。ほんで？　連中が〝桃源郷〟て言うのを聞いたんやろ。どこまで知られとる様子やった？」

「どこまで、とは」

質問の意味がわからず麗はまごつく。

夢幻衆の一員といってもその実、蓮音たちが麗を同志として慈《いつく》しんでくれたことは一度たりともない。不死にせよ桃源郷にせよ、夢幻衆が目標を掲げるに至った経緯《いきさつ》や実現までの詳しい計画を、麗はほとんど聞かされていなかった。

「あてらの究極の望みが桃源郷やと知って、黒雲の奴らはどんな感想を抱いてたか、って聞いてるんや」

「……桃源郷がホンマに作れるんか、疑っとる風でした。夢幻衆はどうして桃源郷の話を自分らにせんかったんか、黒雲にとっても無下にはできひん話やのに、とも」

ふん、と蓮音は苦りきった表情で煙管の吸い口を噛む。

「さしずめ稲荷山の陀天さまから桃源郷のことを聞いたんやろな。まさか黒雲が道満さまの育ての母君と関わるようになるとは、誤算やった。桃源郷の話は一切経すべての破壊が終わった後でゆっくり明かしたる予定やったんに……まァええ。計画がご破算になるわけでもあらへん。それよりも」

と、泣き黒子《ぼくろ》のある目元がピク、と引きつった。

——あかん。また始まった。

「説明しぃや麗。どうして、瑠璃が塒におらへんのや」

剣呑な目を向けられた麗は思わず後ずさる。

「ね、塒の中をのぞけたわけやないんで、おらんかどうか、はっきりとは言えませへん。ただ外に出てくるんが男衆の三人ばっかりで、中に耳をそばだててみても、あの女の声がひとつも聞こえんくて」

「何なんそれ、どういうことや」

自身の爪を噛みながら、蓮音は独り言をこぼし始めた。

「この大事な時にどこへ行きよった？　あの女がおらへんかったら裏朱雀の一切経を破壊できひんやないか。あの女には他にも、大事な役目があるんに……桃源郷の母神になるっちゅう、役目が……」

蓮音はもはや、こちらを見てはいなかった。見開いた両目は何もない宙の一点に据えられている。

――この人、どんどんおかしゅうなっていく。

麗は我知らず身震いした。

初めて会った時から蓮音は残虐な女であった。長兄である菊丸、次兄である蟠雪も底意地の悪い性分だったが、蓮音に比べれば可愛いものだ。

人も鬼も妖も、命を単なる道具としてしかみなさず、夢幻衆の計画のせいで苦しむ者がいようと気にも留めない。それどころか苦しむ様を笑い飛ばしてみせる。こうした残虐性に、近頃、異なる要素が加わった。

狂気だ。

「何ちゅう憎たらしい。元はと言えばあてが、あてこそが母神になるはずやったんやえ？　せやけど桃源郷のことを思うなら、ホンマに道満さまのためを思うなら、陰陽の調和が取れたあの女がふさわしいって、わかってもうて――」

ピク、ピク、と目元の痙攣《けいれん》が止まらない。

「何でぽっと出の女なんぞに母神の立場を奪われなあかんの？　ああそうや。あの女さえ現れなければ、あてが身を引く必要なんてあらへんかった。こないな思いをせんでもよかったんや。ああ、でも、でも……っ」

声色《こわいろ》が悩ましげに揺れたかと思いきや、

「お前……いつまでそこに突っ立っとるんや」

蓮音の目がぎろりと童女を睨みつけた。

「言われなわからへんのか？　この愚図《ぐず》が、早《は》よ出ていき！　瑠璃を探してこい！」

怒声を浴びせられた麗は取るものも取りあえず外へと飛び出した。太夫の目つきがあまりに恐ろしく、辞去の礼を忘れるくらいであった。もっとも今の蓮音が、礼の有無を見咎めることはないだろうが。

――このままやと、いつか八つ当たりで殺されるかもしれへん。

家屋から距離を置いたところで手が小刻みに震えているのに気づき、己自身を抱くように両腕を抱える。蓮音から離れてもなお、動悸《どうき》は治まる気配がなかった。

――もう嫌や。夢幻衆なんか辞めたい。こんなんもう、耐えられへん……。

それでも童女には、一味に留まる選択肢しか与えられていなかった。蓮音の言うことを従順に聞くしか道はないのである。

夢幻衆の一員として陰陽道を修めろ。質問はなし。妖狩りでも鬼狩りでも、命じられれば即座に動け——四条河原からさらわれて一味に加わるよう詰め寄られた麗は、最初「嫌や」と震える声で訴えた。蓮音ら三人が善良な者たちでないことは見るに明らかであり、悪事の片棒を担ぐことなど童女の良心が許さなかった。

そんな麗に、蓮音は微笑《ほほえ》みながらこう言った。

——あらまあ可哀相に、怖いんやねェ。半人半鬼とはいえまだこない小さいんやもの、仕方ないわ。ねえ麗、あてらに逆らいたいならそうすればええよ?

しかし優しげな太夫の言葉は、そこで終わらなかった。

——その代わり、あんたが家族みたァに思っとる宝来の者どもを殺したるから。男も女も一人残らず、全員ね……。

ニコリと弓なりになった太夫の目は、思い出すたび童女をおびえさせていた。

——どうしたらええのん。宝来の皆が狙われるんは絶対に駄目。けど、蓮音さまのそばにおるんかてもう無理や。

麗は蓮音の目を盗んで時たま四条河原に戻っていた。黒雲の面々と鉢合わせする危険もあったが、家族のもとに帰らねば心を正常に保てない気がしたのだ。

冬の鴨川には例年どおり美しい都鳥《ゆりかもめ》が集い、麗の気持ちをわずかなりとも癒してくれた。宝来の衆は自分の身を心から案じ、「もうどこにも行かんといてくれ」と言ってくれた。だがやはり、長居することはできなかった。宝来を皆殺しにするという蓮音の言がはったりではないと悟っていたからだ。

童女はたった一人で闘うしかなかった。蓮音たちの折檻《せっかん》を耐え忍び、罪なき鬼や妖を狩る際も己が心を殺し、ふとした時にあふれ出そうになる鬼の怨念――父から受け継いだ鬼の血を、必死の思いで抑えこんできた。誰にも打ち明けられぬまま、たった一人きりで。

けれどそれも、もはや限界だ。

――誰か。

麗の心は今にも砕け散ってしまいそうだった。

苦しさに耐えきれず、膝を抱えこむ。

――誰かお願い、助けて……。

その時、着物の襟口《えりくち》から、白く光るものがこぼれ落ちた。

首から下がるそれは牙の首飾り——龍神、飛雷から渡されたものであった。

膏薬辻子《こうやくのずし》で会った時、黒蛇は言った。滝野一族を滅亡させた下手人は瑠璃でなく、自身こそが諸悪の根源であると。それを聞いた麗は大いに混乱した。瑠璃という人間を恨むならまだしも、敬うべき「神」を恨まねばならなくなるとは夢にも思っていなかったのだ。

もらった牙は捨てようと思いながらも結局、捨てることができないでいた。なぜかは自分でもわからない。するとそれを見た宝来の兄分が、「綺麗やな」と言って器用にも紐を通し、首飾りに仕立ててくれたのであった。

——その牙は有事の折に必ずやぬしの盾となり、剣《つるぎ》となるじゃろう。

麗は首飾りの牙に触れてみる。左手できゅっ、と握ってみる。

牙はひんやりと滑らかな手触りをしていた。握った左手を胸に押し当てながら、無言で目をつむる。

冬ざれの冷たい風が、うずくまる童女の背を撫でていった。

三

「熱い……」

地獄の業火《ごうか》が大気を焼く。

辣獄が第四房にて、瑠璃は千の亡者たちから逃げ惑っていた。

見渡せば、ぐつぐつと各所で煮え立つ溶岩の池。吊り下げられたいくつもの大釜。天からもぼとり、ぼとりと溶岩が滴り落ちては黒い地面を跳ねる。灼熱空間には亡者たちの魂消《たまぎ》る悲鳴が絶え間なく反響し、陸地の所々には、亡者の骨が散乱していた。

「ぎゃあああああっ！」

閻魔王宮で見かけたのと同じ牛馬の面を着けた獄卒たちが、階段状の足場に亡者を追い立てていく。熱された大釜の中へと躊躇《ちゅうちょ》なく突き落とす。あるいは筏《いかだ》に乗り、溶岩の池から這い上がろうとする亡者を槍で底へと沈めてしまう。筏は見たところ木製だが、どうやら燃えぬ術が施されているらしい。

「やめてくれ、やめ――」

「嫌だあああ!」

亡者のうち何人かは陸地に突き刺さった鉄棒に手足をくくられ、火あぶりに処されていた。焼かれ、煮られ、しかし彼らが沈黙することはない。骨となり灰になるまで熱されようと、亡者はやがて復活する。

――こうやって罰を受け続けるのか。何度でも、何度でも、繰り返し……。

地獄の情景を目の当たりにした瑠璃は、恐慌に声も出なかった。

と、獄卒の手を逃れた亡者たちが数人こちらに飛びかかってきた。どろどろと肉が焼け落ち、骨がのぞく腕で瑠璃の裾《すそ》をつかもうとする。片や瑠璃は溶岩の池を避けながら走り続ける。

一瞬でも足を止めたが最後、たちどころに亡者たちの餌食《えじき》となってしまうだろう。生者としての本能が、今の瑠璃を突き動かしていた。

――そこにおるは己の利や欲望がためなら騙し、殺しすら厭わぬ者ども――いずれも現世でいうところの〝極悪人〟よ。死してなお生に飢え、生に嫉妬し続ける。

小野篁の言葉どおりだった。亡者たちは瑠璃の姿を目に留めるや一人、また一人と顔面に笑みを浮かべて追ってくる。生者を食らえば蘇生できると考えているのか、もしくはただ単に、生者を自身らと同じ目にあわせてやりたいのだろうか。

いずれにせよ捕まれば一巻の終わりだ。

「どけ、道を空けろっ」

右方から倒れこんでくる亡者。急旋回する瑠璃。立て続けに前方からも亡者がやってくるのが見えた。背後にもまた亡者の群れ。追ってくる数は増える一方だ。

彼らをよけながら走るうち、いつしか瑠璃は池の淵へと追いこまれていった。亡者の動きは鈍《のろ》く、回避すること自体は容易《たやす》い。だが問題はその数である。

「あの獄卒たちは何を――」

左手に広がる溶岩の池へ目をやった瑠璃は顔をしかめた。

溶岩の池から復活した亡者が這い上がり、ぞろぞろとこちらへ向かってくる。一方で獄卒たちは亡者たちの勝手を見ているだろうに何もしようとしない。瑠璃のすぐそばで筏を漕いでいた獄卒も同様、無言で筏を降りると亡者たちの間をすり抜けどこかへ立ち去ってしまった。

――獄卒ってのは、亡者を管理する存在じゃないのか？

面の奥にある表情を窺うことはできないが、獄卒の立ち姿からはいずれも、我関せずといった気配が感じられた。

途端、瑠璃は意図せず身を傾ける。溶岩の池から半身を乗り出した亡者に着物の裾をつかまれたのだ。

振り払おうとした時、

「……！」

背後に迫っていた亡者がドン、と瑠璃を突き飛ばした。

宙に浮く体。眼前に広がる真っ赤な溶岩。

瑠璃は咄嗟《とっさ》に身をひねる。溶岩に浸かった着物の裾や袂があっという間に燃え落ちる。が、体が浸かるすんでのところで獄卒が乗り捨てていった筏に飛び乗ることができた。

やれ間一髪、事なきを得た——そう思った次の瞬間、瑠璃の乗る筏が激しく揺れ始めた。たまらず膝をつく。さらに筏は池の中心に向かって独りでに進んでいく。原因は、すぐに判明した。

池の中にいる亡者が筏を転覆させせんとしているのだ。

「まずい……頼む飛雷、来てくれっ」

胸元に左手をかざして呼びかけるも、相棒の黒刀が現れることはなかった。

飛雷は瑠璃の心の臓に封じられているため、急を要する際には胸から召喚することもできる。だが、それは現世での話。ここは地獄だ。龍神たる飛雷であっても異界にまで来ることはできまい。

見る見るうちに淵から離れていく筏。と、瑠璃は、筏の木片《もくへん》と木片の隙間に棒のようなものが挟まっていることに気がついた。

獄卒が亡者を池の底に沈め、かつ筏を漕ぐ櫓《ろ》代わりとしていた槍だ。先の獄卒が筏を降りる際に置いていったのだろう。

――槍なんて使ったこともねえが、丸腰よりはマシだ。

槍を左手でひっつかむと、膝を折る。勢いをつけ筏から跳び上がる。腕を伸ばし、槍を池の淵に突き刺す。それを支えに瑠璃は辛くも陸地へと着地した。うまく停止できずにそのまま体を前転させる。

そこへ待ち構えていた亡者が襲ってきた。

「死ネ、オ前、も」

瑠璃は素早く立ち上がる。手に入れた槍で亡者を薙《な》ぎ払う。脆《もろ》くも体が崩れ落ちていく亡者。しかし時が経てば元に戻る。

「ちくしょう、こんなんじゃキリがねえッ」

多勢に無勢とはまさにこのこと。今や獄中にいる亡者のほとんどが瑠璃を発見し、群れを成して近寄りつつあった。それでも獄卒が咎める様子はやはりない。

これら千の亡者をたった一人でいなしながら、いかにしてここから脱出すればよいというのだろうか。

亡者たちに槍を振るいつつ、瑠璃は斜め上を見仰ぐ。

遠く向こうの絶壁上にある襖。あれが唯一の出口に違いない。しかしここから見る限り垂直の絶壁に登る手段など皆無だ。

——この片腕で、あんな絶壁を登れるわけもないってのに……。

たとえ両腕が揃っていたとしてもあの絶壁を登りきるのは困難だろう。とはいえ出口があるということは、そこへ到達する何かしらの手段があるはずだ——小野篁が自分を永劫ここに閉じこめようとしているのでなければ、だが。

——とにかく、何とかして脱出の手がかりを見つけねえと。

亡者を蹴散らしながら絶壁に向かって駆けだす。溶岩の池に落ちぬよう足元を確かめ、跳躍する。近づく亡者を槍で牽制《けんせい》する。またしても前方から亡者の群れ。瑠璃は地を擦っていったん止まり、進む方向を変える。いくら体が脆いといえども、数を考えれば亡者との衝突はできるだけ避けた方が無難だろう。

「何デ、あたしがコんな目に……」

亡者たちの視線が、嘆きが、四方から浴びせられる。

「ねェ助けテ、この姿ヲ見て、可哀相だと思わナいの？」

「俺は何モ悪くない。俺はあいつに、殺されタんやで。みんな、あの磯六《いそろく》ガ、鬼なんぞになったせい……」

思わず足が止まった。

「磯六、だと？」

声のした方を目で辿る。

おそらく片目が焼け落ちたあの男だ。

――あいつが、磯六が鬼になった元凶、なのか。

磯六はかつて黒雲が京で退治した鬼だ。彼は生前に人の好《よ》さを利用され、無実の罪を着せられた末に粟田口《あわたぐち》刑場で斬首されてしまった。その無念は死せども消えず、鬼となった磯六は、自身を打ち首に追いやった酒蔵の主人を殺害した。

驚いたことにその主人は死後、辣獄に堕とされていたのだ。

再び亡者を振り払って駆けながら、瑠璃は彼らの相貌《そうぼう》を改めて見やる。

「どうシて生者がここにおるんや。死ねよ。オ前も死んで、焼かレればええ」

――篁卿が言ってたのは本当だったんだ。

ぎり、と奥歯を噛みしめる。

ここにいる亡者は、鬼ではない。

――鬼が生まれる〝原因〟を作った輩ども。どいつもこいつも、鬼に殺されて当然の極悪人だ。

人はみな死ぬ。何が死因となるか予測することはできまいが、いつか瑠璃自身も、亡者になる時が来るだろう。死からは決して逃れられない。

しかしながら、

――こんなところで……こんな奴らに殺されるのだけは、絶対にごめんだ。

再び襖のある絶壁を見上げる。あそこへ到達するにはまだ一町半ほどか。行く手をふさぐ亡者から踵《きびす》を返す。方向を変えつつ絶壁に向かわんとする。だがそうこうするうち、いつの間にか亡者の大群に囲まれてしまった。

右手へと視線を走らせれば、そこには大釜へと続く階段があった。

「ちぃッ」

やむなく瑠璃は階段を駆け上がる。危険は承知の上だが、高場から絶壁の全貌《ぜんぼう》を確かめようと考えたのだ。

階段を上りきると、眼下には、溶岩をたたえた大釜がぽっかりと口を開けていた。ぐらぐら煮え滾る溶岩の中で悶《もだ》える、幾人もの亡者。立ちのぼる熱気が瑠璃の肌を捕らえ、息を吸いこめば臓腑が焼けてしまいそうだ。

急いで絶壁へと目を凝らす。

どうやらあの絶壁を登れば人ひとりが歩ける安全な足場があるようだ。しかし高場から見まわしても、陸地から垂直の絶壁へと続く階段や梯子《はしご》らしきものは見当たらない。絶壁は獄中をぐるりと囲むようにそびえていたが、どこも同じ有り様である。

果たしてあの襖まで辿り着く手段など、本当に存在するのだろうか。

亡者たちがわらわらと押しあいながら階段を上がってくる。急いでここから下りなければ。瑠璃は焦りに駆られつつ襖を睨むように見る。

そこでつと、あることに気がついた。

——ここからじゃよくわからない……行ってみるしかないな。

直後、階段を上がってきた亡者が手を伸ばす。自分を大釜の中へ突き落とそうとしているのだろう。察した瑠璃は左足をしならせる。蹴りを食らった亡者はけたたましい絶叫を上げながら、煮え立つ大釜へと落ちていった。

亡者がひしめく階段はもはや使えない。意を決して下へ飛び降りようとする瑠璃。しかし左手に握る槍が、亡者によってつかまれた。

「この、離しやがれっ」

亡者は薄ら笑いを浮かべていた。こちらの窮状が嬉しくてたまらないとでも言うように。槍を引っ張られた瑠璃は体勢を崩す。もしここで引っ張りあいをして足を踏み外しでもすれば、大釜に落ちてしまいかねない——貴重な武器を手放すより、他になかった。

ふっ、と左手を緩める。反動でたたらを踏み、大釜へと落下していく亡者。その姿を見届けるよりも先に瑠璃は高場から飛んだ。

着地すると同時に前転して受け身の姿勢を取り、衝撃を逃がす。直ちに立ち上がって絶壁を目指す。

襲いかかる亡者から身をかわしつつ駆けどおしに駆け、ようやく絶壁に辿り着くことができた。この上に安全な足場と、襖がある。瑠璃は首をそらしてそそり立つ絶壁を振り仰ぐ。

「……あれはやっぱり、縄梯子だ」

絶壁の頂上から垂れ下がる縄梯子は、しかし、途中で断たれてしまっていた。跳び上がって手を伸ばしたところで到底届かない。やはり絶壁をのぼる手段など、最初から用意されていないのかもしれない。焦りがさらに募っていく。

さりとて不思議であった。あんなところに何の意味もなく、半端な縄梯子がかけられることがあるだろうか。縄梯子はなぜ、あの高さで途切れているのか。

「考えろ、何かあるはずだ。あの高さまで到達して、縄梯子で絶壁を登りきる手段が、きっと」

そうつぶやいた時、発見した。

絶壁の中腹に、把手《とって》のようなものが突き出ている。こちらも相当な高さだが、何かしら知恵を絞れば手が届くかもしれない。

――そもそもここにいる獄卒たちにだって、出る手段が必要なはず……ああ間違いない。この絶壁を登る方法は、ちゃんと用意されてるんだ。

今一度、灼熱空間を見渡してみる。

溶岩の上に浮かんでも焼失することのない筏。煮え立つ大釜。半端に途切れた縄梯子。絶壁の中腹に突き出た把手。そして、天から滴り落ちる溶岩――。

「もしかして」

閃いたのはかなり危険な策だった。成功すると確信を持てたわけではない。

その上、少しでも動き方を誤れば即死だ。

「……ためらってたって仕方がない。一か八か、賭けに出よう。どのみちここで焼かれ死ぬくらいなら、試してから死ぬ方がいい」

まずは何かしらの武器を手に入れることだ。とはいえ、二度も獄卒の槍を手に入れる幸運には恵まれないだろうが。

絶壁を背に振り返れば、いつしか千の亡者たちが、半円を描くようにしてじりじりとこちらに詰め寄ってきていた。

「ホラ、死ね」

「死ねよ、ォ……」

殺気を漂わせる亡者たち。先頭に立つ亡者は溶岩の池から這い上がったばかりなのだろう、肉がひどく爛《ただ》れ落ちていた。

緊張に胸が騒ぐ。敵方の全体を眺め渡した瑠璃は一つ、深呼吸をした。

──呑まれるな。こいつら一人ひとりの強さは、大した脅威じゃないんだから。

バキ、と亡者たちは骨を踏みつけながら近づいてくる。瞬間、先頭の亡者が瑠璃に向かって躍りかかった。

「悪いがお前らには、同情しない」

瑠璃は速やかに足をかざす。痛烈な蹴りが亡者の頭部に直撃し、首から上が吹き飛んだ。首の断面からのぞく白い背骨。瑠璃はすかさずその先端をつかむや、倒れこむ亡者の肢体から、勢いよく背骨を引き抜いた。

一斉に飛びかかってくる亡者の大群。手にした背骨を鞭《むち》代わりに応戦する。左の亡者たちを打ち据える。次は右の亡者、さらには足をまわし背後の亡者を蹴り飛ばす。息つく間もなく身を翻《ひるがえ》し、亡者の群れを打擲《ちょうちゃく》しながら、瑠璃は近くにあった大釜への階段を駆け上がった。

階段にひしめく亡者に背骨を振るう。攻撃を受けた亡者たちは大釜の中へと次々に落ちていく。耳をつんざく悲鳴の数々。しかし瑠璃が手を緩めることはない。亡者を退かせつつ階段を上りきると、

「たぶんこれしか方法はない。頼むから当たってってくれよっ」

叫ぶが早いか、手に持つ背骨を力任せに踏みつける。

背骨は音を立てて折れた。その切っ先は十分に鋭い。瑠璃は持ち方を変えると足場から身を乗り出し、大釜を吊る綱に背骨の切っ先を当てる。目一杯の力で綱を断ち切ろうとする。しかし綱は思った以上に頑丈だ。

焦れども、綱にわずかなほつれを生じさせることしかできない。

「くっ、他の大釜もひっくり返さなきゃいけないってのに、この綱だけでこんなに時間がかかってるんじゃ――」

この時、男の亡者がひとり足場へとよじのぼり、自分の背後へ忍び寄っていることに、瑠璃は気づいていなかった。

背中に飛びつかんとする亡者。気配を感じた瑠璃は反射的に身をよじる。されど亡者に左腕をつかまれ、そのまま仰向けに組み伏せられてしまった。

首だけで下を見やれば、釜の中の溶岩がぐらぐらと沸き立っている。瑠璃は激しく足をばたつかせて抵抗した。背骨の刃で反撃しようとするも、馬乗りになった亡者は瑠璃の左腕をつかんで離さない。

これほど隻腕であることを嘆いたことが、未だかつてあっただろうか。亡者は身動きが取れない瑠璃の顔面に拳を振り下ろした。二度、三度と間髪《かんはつ》を容《い》れずに殴り続ける。そのうちきつい一撃を食らった瑠璃は一瞬、意識が飛んだ。

「…………」

声を上げることすらも叶わない。腕の筋が緩み、握りしめていた背骨の刃は、無情にも大釜の中へと呑まれていった。

混濁していく意識の中で視線をさまよわせる。

るのが見えた。

――わっちは、死ぬのか。

先ほど退けた亡者たちが一人、また一人と起き上がり、階段をゆっくり上がってくるのが見えた。

――この地獄で、こんな最期を迎えるのか……。

「なあ、俺を覚えてるか？　瑠璃花魁」

唐突に亡者は殴る手を止め、尋ねてきた。

瑠璃花魁。そう呼ぶのは吉原にいた頃の自分を知っている者だけだ。

虚《うつ》ろな目で亡者の顔に焦点を結ぶ。業火の責めにより焼け爛れた顔。その声にはどことなく聞き覚えがあった。まるで心の古傷をえぐるような声だ。

「こんなところで会えるなんざ、運命ってなわからねえモンだなあ？　俺は元々お前さんの客になるはずだった。だが諦めて、お前さんの朋輩《ほうばい》に狙いを変えた。それが運の尽きになっちまうとも知らずな」

ざわ、と心がさざめき立つ。記憶が鮮明に蘇《よみがえ》っていく。

この声を瑠璃は知っていた。

この顔は何年経とうとも、忘れるはずがない。

「思い出したみてえだな？　俺は鬼になったお前の朋輩に殺されたんだ……津笠《つかさ》、あのあばずれめ、絶対に許さねえ……その恨みを、お前デ、晴らさせてもラ、う」

瑠璃にとって唯一無二の親友であった遊女、津笠。彼女は心から愛した男に裏切られたばかりか、縊《くび》り殺され、亡骸《なきがら》を捨てられ、鬼と成り果てた。

その元凶――佐一郎《さいちろう》が今、瑠璃を血走った目で見下ろしているのだった。

佐一郎は瑠璃の首に手をかける。ギリギリと、細い首を絞め上げていく。津笠を殺したのと同じやり方で。

「どうしてだ。どうしテ津笠はここに堕ちてこなイ？　どうして俺だケが、地獄なんぞで苦シまなきゃならないンだよっ？」

佐一郎の恨み言は、聞くに堪《た》えなかった。

「なぜだか本当に、わからねえのか」

薄れゆく意識の奥から、勃然《ぼつぜん》と、怒りが沸いてくる。

この者たちが生前の所業を省《かえり》みることはないのだろうか。何ゆえ地獄行きの判決が下されたか。すべて、己のまいた種であろうに。

――ああ、そうか……。こいつらの頭の中には、改悛《かいしゅん》なんて考えが、これっぽっちもないんだな。

哀しき鬼を生んでしまったことに些かの思いを致すこともなく、己の被《こうむ》った不利益ばかりを訴え続ける。死してなお生者を妬《ねた》み、苦しみの中に引きずりこもうとする。

――津笠も、磯六も、こんな奴らに殺されちまったんだ――。

「死人だろうが、許さねえ」

刹那《せつな》、瑠璃の瞳に激昂《げっこう》が兆《きざ》した。

「お前らみたいな奴がいるから、いつまで経っても鬼はいなくならないんだ！」

声が嗄《か》れんばかりに叫んだ次の瞬間、瑠璃の体から青い風が立ち起こった。

爆風を受けて佐一郎の体が一挙に吹《か》き飛ぶ。さらに激しさを増して吹きすさぶ青の風。灼熱空間を満たし、鎌鼬《かまいたち》のごとき刃となって亡者たちを斬り刻む。大釜を吊る綱を次々に断ち切っていく。

暴風の中心で立ち上がりながら、瑠璃は目を見開いた。

「これは……わっちの力、なのか……？」

綱が切れ、支えを失った大釜は勢いよく横転する。中から高温の溶岩が流れ出す。津波のように荒々しくうねり、地表を覆い尽くし、逃げ惑う亡者たちを漏れなく呑みこんでいく。

そのうちゆっくりと、溶岩が上昇してきた。

――わっちも、ここにいたんじゃ危ないな。

瑠璃はすぐさま辺りを見まわし、眼下に流れてきた筏へと飛び移った。木片の隙間を探る。幸いなことに、この筏にも櫓代わりの槍が挟まっていた。

「助け、て」

と、亡者たちが溶岩に溺《おぼ》れながらも瑠璃の乗る筏に手を伸ばしてきた。

「助けテくれ、お願い、だ、カら……」

その中には佐一郎の姿も見てとれた。

切なげに哀願する声――しかし瑠璃は一瞥をくれると、

「ああ、津笠も死に際にそう思っただろうな。ざまを見ろ」

槍を操って亡者を掻き分け、絶壁の方へと漕いでいく。見れば獄卒たちもみな筏に乗り、こちらへと向かってきていた。

絶壁に辿り着いた瑠璃は手を伸ばす。溶岩が上昇したことにより、先ほどまで届かなかった把手がどうにか届くようになっていた。

伸び上がって指先を触れる。ガコ、と把手が下におろされる。

すると中心部の天が開き、大量の溶岩が滝のごとく獄中に流れ落ちてきた。把手は溶岩を天から足すための装置だったのである。

時間をかけて溶岩はさらに上昇していき、とうとう瑠璃は、絶壁から垂れ下がる縄梯子をその手でつかんだ。両足を絶壁につけ、素早く左手で縄梯子を手繰《たぐ》る。時には口を使いながら、少しずつ上へと登っていく。

「着いた――」

安全な足場に這い上がるや、自ずと安堵の息が漏れた。

正直、生きてここを出ることは叶わないかもしれないと思っていた。されど瑠璃は生き延びた。そして襖の奥には、次なる道が待っている。

後から縄梯子を上がってきた獄卒が二人、無言のまま「流」と書かれた襖を開いていく。亡者を罰する立場であるにもかかわらず、結局、獄卒たちは最後まで瑠璃と亡者の戦いを傍観しているだけであった。不審に思いながらも瑠璃はもう一度、棘獄が第四房を振り返る。

天から降り注ぐ灼熱の溶岩。凄まじいうねりに呑まれた亡者は焼かれ、溺れ、底へと沈んでいく。されど彼らは、何度でも復活するのだろう。

それでいい。

そうでなければと、瑠璃は思った。

「……永遠にそこで焼かれてろ。人間のクズども」

こうして第一の試練を乗り越えた瑠璃は、襖の向こうへと進んでいった。

鬼となるのは人。鬼を生むのもまた、人である。

小舟に揺られながら、瑠璃は思案に暮れた。

――あの亡者たちに欠片《かけら》でも良心があれば、鬼は生まれなかった。哀しみや怒り、恨みつらみなんて情念が生まれることもなかったんだ。

けれど、と我が身を顧《かえり》みる。

鬼を退治する黒雲頭領という立場にありながら、瑠璃は生き鬼となりかけ、なおかつ鬼を生んだ「元凶」の一人でもあるのだ。

――わっちは一体、どっち側なんだろう……。

辣獄が第四房を脱出した瑠璃を迎えたのは、まるで墨を流したかのような漆黒の川であった。獄卒が指し示した一艘《いっそう》の小舟に乗りこむと小舟は自然に川を進みだした。この陰鬱《いんうつ》とした流れの先に、生き鬼たちが幽閉される深獄があるに違いない。

幸いと言うべきかここで戦闘は起こらなかった。見まわしてみても亡者どころか獄卒すら一人もいない。ざあざあと川の音だけがいやに大きく響く空間を、小舟はただ瑠璃だけを乗せて、一定の速度で進み続ける。

地獄に来てからどれだけの時間が過ぎただろう。太陽も月もない世界で時を知ることはできなかった。

現世は、どうなっているだろうか。栄二郎は目を覚ましただろうか。露葉は。塒を出ていった妖たちは。とにかく一刻でも早く、現世に帰還せねば――瑠璃の心は逸《はや》るばかり。

一方で妙なことに、体は少しも眠気や空腹を覚えることがなかった。

――本当にわっちは今、魂だけの存在なんだな。

とはいえ熱さは感じるし痛みも感じる。辣獄で亡者と交戦した感触も、手ひどく殴《おう》打《だ》された感触も未だはっきりと瑠璃の身に残っていた。地獄へ堕ちる者には痛覚が残されるのかもしれない。罰の痛みを確実に、魂へと刻むために。

やがて小舟はなだらかな坂を上り始めた。どうも地獄にはあるべき摂理というものが朧《おぼろ》にしか存在しないらしく、小舟は垂直に川を下ったり、横向きになったり、かと思えば天地が逆さまになったりしながら進んでいく。にもかかわらず瑠璃の体は小舟から放り出されることもなく、負荷がかかるわけでもない。

地獄のありように慣れ始めていた瑠璃であったが、さすがに気になった。

――この川、どうなってるんだ……？

おもむろに身を乗り出し、川面をのぞきこんでみる。

途端、目が合った。

「ねえねえ。あなた、筒、持ってる？」

女の亡者が一人、満面の笑みをこちらに向けていた。

果たして小舟の底にいたのは大量の亡者。川だと思っていた流れそのものが亡者だったのである。

瑠璃の背筋は凍った。

「筒よ、筒。色とりどりにたくさん筒を集めたらね、ぐるぐる並べて中をのぞいてみるの。真っ暗な向こうに見えるのは鴉《からす》？　それとも兎《うさぎ》？　あたしはねえ、お馬さんだと思うのよ」

亡者たちは黒々と蠢き、支離滅裂な言葉を口にしながら小舟を流していく。

「そりゃ、そりゃっ。道を空けよ、ボンクラの足軽どもめ。我らが武将のお通りぞ！　月へ行軍したら天人の首入り兜《かぶと》を持って、天《あま》の川《がわ》を渡るのだ！　何人《なんぴと》も我らが軍勢にはかなうまい！　ははははは！」

「気をつけるこったな。生皮のついた面ってのは、肌に馴染みすぎちまう。これじゃ俺の顔かそれとも面か、どうやって区別すりゃあいいってんだ？　だから考えたのさ。刃物でぞりぞり削いでみりゃ、否が応でもわかるってな。ぞりぞり、ぞりぞりっと……へへ、おかげで顔がなくなっちまったけどよう」

――狂ってやがる……川の音に聞こえたのは、こいつらの声だったのか……。

これこそが「流獄」――ここに堕とされる亡者たちは川となり、互いに揉《も》みあいながら流れ続けることを定められるのだった。灯りひとつない中を、ただひたすらに、これといった意味もなく。

辣獄の方がよほどましではないか。流獄の亡者たちの様相を見てしまった瑠璃は、そう思わずにいられなかった。

この亡者たちとて皆が皆、最初から気が触れていたわけではなかろう。流獄の暗澹《あんたん》たる気に浸り続ける中で、自分は誰なのか、ここはどこなのか、何のためにここにいるのかわからなくなってしまったに違いない。もっとも彼らにも、流獄に堕ちるべき罪があったのだろうが。

――これよりひどい罰が存在するってのか。

小野篁はこう言っていた。

生き鬼となった者には、最も重い罰が与えられるのだと。

――生と死の理をねじ曲げる者は、よしんば生き永らえようとも、いつか必ずや反動が起ころう。それを人は〝天罰〟と呼ぶ。

つまり人として生き、人として死ぬことを軽んじた生き鬼には厳罰がふさわしい、という意味だろうか。

だがどうにも納得がいかない。

――地獄ってのは一体、何のために存在してるんだろう。雛鶴や朱崎が、辣獄の亡者より重い罰を受けるだって？　あんな心のさもしい、醜い悪党どもより？　そんなの理不尽だ。あんまりにもひどすぎる。

そこまで考えて、瑠璃はふと思い至った。

――そうだ。冷静に考えりゃ、こいつは千載一遇の好機じゃないか。

地獄に満ちる死の気配におののいてばかりだったが、本来、自分は地獄に来ることを望んでいたのだ。深獄に辿り着いたならば、長らく切望してきた「生き鬼の救済」を成し遂げることができる。

その鍵となるのは、

――さっきの力……あの風こそが、蒼流の真の力に違いない。

今までも戦闘時に幾度となく発生していた青の風。しかし辣獄で魂の危機に瀕した時、瑠璃の体からはこれまでにないほど猛烈な爆風が立ち起こった。無意識のうちに生まれ出でたあの風こそが、龍神の真骨頂「成仏《じょうぶつ》の力」ではないだろうか。

蒼流の生まれ変わりである瑠璃はその力を最大限に引き出す可能性を持っている。もし成仏の力を意のままに発動させられたなら、飛雷なしでも生き鬼たちの魂を地獄から解放してやることは、不可能でないはずだ。

瑠璃は己の左手に視線をやった。

――思い出すんだ、さっきの感覚を。

死に片足を踏みこんだ感覚。爆《は》ぜる激情。それらを反復していると、不意に掌《てのひら》から緩めの風が生まれた。

青の風は揺らめき、たなびき、空気を裂く。

――これだ。これを突き詰めていけばきっと、成仏の力が……。

ギギ、と小舟が音を立てて軋《きし》み、動きを止めた。どうやら岸辺に着いたらしい。岸辺の向こうには新たな襖が佇んでいた。黒く澱《よど》んだ「深」の文字――深獄へと通じる襖である。

――地獄で最も重い罰、か。

ごくんと生唾《なまつば》を呑む。たちまちにして不安が押し寄せてくる。忘れてならないのは、己もまた罰を受ける存在だということだ。

岸辺にも獄卒たちの姿はなかった。あくまでも自分で進めということなのだろう。川の亡者たちに足を掬《すく》われぬよう注意しながら、瑠璃は小舟を降り、暗い岸辺を歩いていく。

襖がすっ――と独りでに開く。

意外なことに、深獄は無音の世界であった。

灯りがないのは流獄と同じだが、ここには亡者の叫び声も、うめき声すらもまるでない。瑠璃は恐怖を押し殺しつつ、襖の向こうへと一歩を踏み出す。

ぴしゃ、と襖の閉まる音が長くこだました。

一体この空間はどこまで続いているのだろう。瑠璃の歩く足音は反響し続け、深獄の広大さを表すかのようだった。だが進めどもやはり、人はいない。亡者も獄卒も、誰ひとりとして。

「雛鶴っ。朱崎も、ここにいるんだろう？　返事をしてくれっ」

問う声は空しく響いて消えていくばかり。深獄は暑くもなければ寒くもなかったが、瑠璃は中に入った瞬間から、背にぞくぞくと悪寒《おかん》が走るのを覚えていた。

――どうして誰もいないんだ。それにこの空気は何だ？　まるで魂が、芯から凍るような……。

無音の世界。無限の空間。

よもやここでさまよい続けることこそが罰なのか。たった独りで、永遠に――その恐ろしさに、気を呑まれかけた時だ。瑠璃の心の臓が跳ねた。

「誰だ、そこに誰かいるのかっ？」

前方からぼう、と赤い光が近づいてきたのだ。響く足音。人の気配である。

ゆっくりと歩み寄ってきた男は、瑠璃の前で足を止めた。

その男は名乗らなかった。されど俯《うつむ》き加減に地を見つめる顔が、瑠璃の記憶の蓋《ふた》をこじ開けた。

「……まさか」

瑠璃は大人になった彼の顔を知らない。しかし幼い頃の面影が確かに残っていた。

深獄にて瑠璃を出迎えたのは、己が元凶となり生まれた生き鬼。

滅亡した滝野一族が同胞、正嗣が、そこに立っていた。

四

京には新しい朝が訪れていた。

堀川上之町の塒にて、錠吉と権三は眉をひそめる。

「何？　妖たちが？」

「それは本当か豊」

豊二郎は疲れた顔で肩をすくめてみせた。

「本当だよ、俺だってそりゃあびっくりしたさ。まさか出先であいつらと遭遇《そうぐう》するなんて思ってなかったからな」

逃げる妖たちを追いかけた豊二郎は、八町ほど駆けた先でようよう彼らをつかまえることに成功した。と言っても妖たちの逃げ足は思いのほか速く、鎖の結界で取り押さえるしかなかったのだが――。

「いんんやあああっ」

「豊二郎どの、ひどいのだっ。これは鬼用の鎖であろう？　拙者らは妖だぞっ」

「はァ、はァ、だってお前ら、止まれって言っても止まらねえんだもん……お恋、そんな叫ぶなって。今外してやっから」

開いていた黒扇子《せんす》をパチンと閉じるや、妖たちを縛る純白の鎖が立ち消えた。

ふうと一息ついたのも束の間、

「それ逃げろッ」

髑髏の号令で妖たちはまたもや駆けだそうとする。一方で豊二郎は閉じたばかりの黒扇子をこれ見よがしに開いてみせた。

「追いかけっこはもうなしだ。俺だってお前らを鎖で縛り上げたくはねえ」

低い声で凄んでみせると、妖たちは互いに視線をかわし、そのうち渋面《しぶづら》をしながらこちらに向き直った。

「それでいいんだ、こちとらお前らほど延々と走り続ける体力はないからな。さ、塒に帰るぞ」

「やなこった！」

「頼むよがしゃ、大人しく言うことを聞いてくれ。お前らを見つけておきながら逃がしちまったんじゃ、瑠璃が地獄から戻ってきた時に何て言われるか……」

と、妖たちは揃って首をひねった。

「地獄ぅ？　何だそりゃ、か弱い俺をさんざっぱら殴ってきたお仕置きでも受けるのかァ？　お尻ぺんぺんっとな、かーっかっか」

髑髏の笑い声を、豊二郎は無視することにした。が。

——そっか、こいつらは瑠璃の地獄行きを知らねえんだったな。

そう思い直して事情を簡潔に話してやるや否や、妖たちは騒然となった。

「な、何ィイッ？」

がしゃは声をひっくり返し、こまとお恋は泡を吹く。

「地獄、瑠璃どのが、本物の地獄に——」

「あばばばばば」

「おい豊二郎、そんな大変なことになってるのにお前は何してるんだ？　助けに行かないのかっ？」

油坊から問い詰められた豊二郎は首を垂れた。

「瑠璃と一心同体の飛雷でさえ地獄にゃ行けねえらしいんだ。まして俺らみたいな人間が行けるわけもねえし、これぱっかりはどうにも……ていうかお前ら、何だかんだ言って瑠璃のことが心配なんじゃねえか」

うっ、と妖たちはそれぞれ言葉を詰まらせる。

どうやら図星であったようだ。

――さあて、どうやって説得したモンかな……。

自由気ままで騒がしく、人の話をてんで聞かない妖たちは、そのぶん強情さもひとしおである。無理やり時に連れて帰ることもできなくはないが、いずれ脱走するのは目に見えている。

豊二郎は妖たちをしげしげと眺め、内のひとりに水を向けた。

「なあ油坊。お前らが瑠璃を心配するのと同じで、瑠璃もお前らのことをずっと心配してたんだぜ」

四体の妖の中で最も人の道理を知っている油坊なら、こちらの言い分をわかってくれるはず。そう思いつつ言葉を継いだ。

「瑠璃のことだからきっと、長助と白を死なせちまったことを、自分が至らなかったせいだと悔いてるんだろうな。そんでもって、露葉だけは何としてでも助けようと躍起になってる。あいつはそういう奴だ。お前らだって知ってるだろ？」

「……ああ」

油坊だけでなく、妖たちはみな沈んだ面持ちで塩垂《しおた》れていた。

そもそも瑠璃と妖の決別は夢幻衆が原因だ。共通の友である長助と白は、裏四神に融合させられた末に死んでしまったのだから。

瑠璃は夢幻衆の毒牙を免れた四体を戦いから遠ざけるべく、「江戸に帰れ」と告げた。しかしそれは友の仇を討たんと奮い立つ妖たちにとって何より酷な言葉であり、かくて彼らは、塒を出ていったのだった。

「そうだよな。瑠璃は、俺たちを案じて江戸に帰れと言ったんだよな」

「わかったんなら――」

「いいや、悪いが塒には戻らない」

食い気味に返すと、油坊は固く拳を握った。

「瑠璃が俺たちを戦力として認めない限りは、戻ったって意味がない。妖にも妖の矜持《きようじ》ってモンがあるんだ」

髑髏や付喪神たちも頑《かたく》なな目でこちらを見つめている。どうやら夢幻衆と戦う決意は予想していた以上に強いらしい。

豊二郎はひっそりと嘆息した。

「ならせめて、何をしようとしてるのかだけでも教えてくれ。お前ら妖が夢幻衆や道満とどうやって戦うつもりなんだ？　何か考えてることがあるんだよな？」

「……言ったってどうせ反対するんだろ」

不服そうにぼやくがしゃに対し、豊二郎は曖昧に首を振る。

「どうかな。お前らの計画にもよるが、頭ごなしに駄目とは言わねえよ」

「本当ですかぁ？」

「おうとも、俺ァ瑠璃よりものの分別がある方だからな」

「どうも疑わしいのだ」

「ええいもうッ。いいから言ってみろって」

たまらず大声を張り上げる豊二郎に背を向けると、妖たちは何やらひそひそ声で話しあいを始めた。

しばらくの間を置いて、

「わかった。無理に連れ戻さないなら話してもいい」

と、油坊が再び口を開く。

かくして語られた妖の目論見は、期せずして豊二郎に、一つの閃《ひらめ》きを与えるものであった。

「あいつらは京中をまわって、百鬼夜行《ひやっきやこう》で親しくなった妖たちに力を貸してほしいって頼みこんでたんだ。妖ひとりずつの力じゃ夢幻衆にかなわなくても、あいつらに加えて京の妖たち全員が団結したら状況は変わるかもしれない。具体的に何ができるかはまだ模索の途中らしいけど、何かしらの戦力になれるはずだ、ってな」

自分たちなりに戦ってみたいのだ——そう懇願するように言われた豊二郎は、望みどおり彼らを止めることはしなかった。

妖たちの眼差《まなざ》しはまさに真剣そのもの。普段は能天気な彼らが初めて見せる本気を察しては、止めるのも野暮というものであろう。

「そうは言っても参戦してくれる妖はまだひとりもいないらしいがな。当たり前だ、夢幻衆の蛮行は京中の妖に知れ渡ってるだろうし、自分から危険な戦いに飛びこもうだなんて簡単なことじゃねえ。油坊たちはそれでも諦めないみたいだったけど」

「あの妖たちがそんなことを……」

大丈夫だろうか、と心配そうな権三の横で、錠吉は考えこむように指先を唇に触れていた。

「だがもしかしたら、俺たちにとっても妖の戦力は必須になるかもしれない。たとえどんなに微力だったとしてもな」

何しろ黒幕である蘆屋道満の力がいかほどのものか、果たして黒雲の力だけで足りるかどうか——第一、黒雲が元どおり五人そろって戦えるかすら、まだ少しも予測がつかないのだから。

哀しいかな栄二郎の容態は依然として変わらない。わずかな汁物を口に含ませるのがやっとでろくに食べさせることができないために、頬がこけ、いよいよ息が細くなりつつあった。

そして瑠璃だ。

「地獄は今どんな状況なんだ。瑠璃さんは何をしてる？　戻りを待つだけってのは、どうにも歯がゆくてならない」

権三が珍しく苛立った様子で首筋を掻く。

「江戸から京に行くのとは訳が違うんだ。行き先が地獄ともなれば、残念だが俺たちはあの人が戻るのを信じるしかないだろう」

「そりゃそうだが、せめて無事かどうかだけでもわかれば……」

とその時、階段からゴトン、ゴトンと音がした。

「安心せい。瑠璃なら無事じゃ」

腹に瑠璃を呑みこんだ大蛇——飛雷が居間へ下りてきたのだ。

「極めて微かじゃが、あやつの〝心の声〟が時たま聞こえるようになっての」

それを聞くや男衆は一様に飛雷へ詰め寄った。

「瑠璃さんは生きてるんだな――」

「無事とはどの程度だ？　向こうの状況は？」

「なあ飛雷、瑠璃の心の声は何て？」

息巻く男衆を飛雷は目で制した。

「そう大声で騒ぎ立てるでない。また声が聞こえなくなってしまうじゃろうが……一度か二度、名を呼ばれた感覚があった。何かに憤《いきどお》っておる声もした。どうやら瑠璃は地獄で誰ぞと戦っておったようじゃ。それも、大勢と」

「戦うって、まさか地獄の亡者と？」

「かもしれんな」

男衆は一転して声を詰まらせた。地獄で戦闘が起こるなどとは聞いていない。たった一人で、ましてや飛雷もそばにいない状態で本当に無事と言えるのだろうか。

飛雷はさらに続ける。

「いったんは落ち着いたらしいが、今また別の戦いが始まったようじゃ。瑠璃め、何やらひどく心が揺さぶられておる。これほどの揺れは滅多にあるものでない。哀しみ、背徳感……はたまた絶望か」

　動揺が激しすぎるせいか、飛雷でも満足に心の声を聞き取ることはできないという。ひょっとすると戦いの相手に押されているのだろうか。地獄では持ち前の治癒力も発揮されまい。魂のみの状態で致命傷を負えば、生身に傷がつくよりまずいことは言うまでもないだろう。

　豊二郎はたまらず天井を仰いだ。

――何てこった。瑠璃が戻ってくるかどうかもわからねえままで、俺たちゃどうすりゃいいんだ？

　現世の状況もかつてなく絶望的だ。結界役の片翼を担う栄二郎は死にかけ、頭領は不在。残る夢幻衆、蓮音と麗はなぜか二人とも音沙汰なしで、何を仕掛けてくるわけでもない。当然ながら裏朱雀、つまり露葉がどこにいるかもわからないままだ。

　くそったれめ、と歯噛みする。

「俺たちができることと言や、蓮音が裏朱雀を引き連れて現れるのをここで待つくらいしかねえってのか？　なら今すぐにでも来やがれってんだ。うまくいけば俺ら三人で露葉を裏朱雀から引き剝がす方法が見つかるかもしれねえ」

　すると錠吉が、

「今現れてくれるなら、まだいいんだが……おそらく太夫は、次の新月まで姿を見せないだろう」

「はっ？」

「おい錠、どういうことだそれは」

いきおい声を荒らげる豊二郎と権三に対し、錠吉は思案げに目を伏せた。

「ずっと引っかかっていたんだ。百瀬真言流の道場へ押し入った時、菊丸は俺たちに向かって〝いずれ呼び寄せるつもりだったのに〟とぼやいた。覚えてるか？」

「確かに、そんなようなことを言ってたな」

「夢幻衆は瑠璃さんに一切経を斬らせようとしていた。つまり菊丸も、いずれは裏白虎と対峙させるため黒雲をあの道場へ誘い出すつもりだったんだ。何かしらの準備が整った段階でな」

地に埋めた蠱物《まじもの》をもっと増やすつもりだったか、裏白虎をより強化するつもりだったか、今となってはわからないが。

「ともかく俺たちは菊丸が思った以上に早く道場の場所を探し当てた。だがその可能性すらも、奴にとっては織りこみ済みだったのかもしれない」

黒雲は菊丸を出し抜けたはずではなかったのか。

豊二郎は混乱してしまった。

「待て待て錠さん、わかりやすく頼むぜ。詰まるところ何が言いてえんだ？」

「あの日、俺たちが道場へ行くということを、菊丸は多かれ少なかれ予期していたということだ」

錠吉は悔しげに畳を睨んだ。

「百瀬真言流の信徒が配っていた絵びらには、上弦の月がのぼる夜に道場へ案内する、と詳しい日時が指定されていただろう？　言い換えれば菊丸は、上弦の月がのぼる夜に、俺たちと対峙する腹積もりだった――」

錠吉の弁はこうだ。

陰陽師は天体の動きを手がかりに吉兆を占う。星々だけでなく陰陽の移り変わりを示す「月の満ち欠け」も占術には欠かせない。月は光を失った新月から、次第に陽光を受けて上弦の月、次いで満月となり、やがて輝きを失って下弦の月、再び光のない新月へと循環していく――これが通常の月の変化である。

ところが夢幻衆は裏四神の司る「四季」を逆に巡らせていたのと同様、「月の満ち欠け」までをも逆にしていた可能性が高いという。

現に第一の神獣、裏青龍と相対した日、空には下弦の月がのぼっていた。第二の神獣、裏玄武の時は十五夜の満月。第三の神獣、裏白虎の時は上弦の月。そして第四の神獣、裏朱雀と戦ったあの日、夜空に月はなかった。

この読みが正しければ、

「蓮音太夫は新月の日にしか裏朱雀を仕掛けてこないはずだ。その間はどこかで身を潜めるつもりなんだろう。次の新月までは」

「あと、二十日以上もある——」

怒りよりも先に、激しい焦燥が豊二郎の胸を襲った。

露葉に源命丹を調合してもらえぬ以上、次の新月まで栄二郎の命が保つ希望は限りなく薄い。

「……要するに俺たち三人で今できることは、何もないと。八方ふさがりたァまさにこのことだな」

そう自嘲気味につぶやくと同時に、自分でも不思議なくらい気持ちが冷静になっていくのがわかった。

——いや、あるぞ。俺たちにだってできることが。

今だからこそ、やるべきことが。

「油坊たちが言ってたんだ。〝味方は多けりゃ多いほどいい〟って」

脈絡のない発言に、錠吉と権三は怪訝《けげん》そうな目を豊二郎に向けた。

「蓮音を倒すのはもちろんだが、それが最後の戦いってわけじゃない。いずれ俺たちは道満と戦わなきゃなんねえんだ。野郎の力がどれほどのモンか測れない限り、こっちは戦力をできるだけ補強しておく必要があるだろ？」

妖たちも然り、味方を増やすのは良案と言えよう。

「もし味方になってくれなかったとしても……せめてこれ以上、敵を増やさないことだって同じくらい大切なはずだ」

険しい表情で言い終えるなり、豊二郎は衣桁《いこう》にかかる羽織を手に取った。


生い茂る杉の木々は朽葉色《くちばいろ》に変わり、山中の薄暗さをよりいっそう深めていた。冷たい霜が階段に敷き詰められた落ち葉の上にも積もり、踏みしめるたびにざく、ざく、と音を立てる。

三人の男衆が向かったのは洛南にそびえる稲荷山だ。

頂上へと続く鳥居群の途中で、彼らは偶然にも妖狐の宗旦と出くわした。宗旦は自身の恩人である瑠璃を地獄へ送ったことに負い目を感じているらしく、あれから稲荷山に行ったきり、塒へは戻っていなかった。

「宗旦、頼みがある。陀天さまに取り次いでくれないか」

そう告げる豊二郎に対して宗旦は初めこそ気後れしていたが、やがてこちらの面持ちから真剣さを感じ取ったのだろう、「ええよ」と承諾してくれた。

こうして稲荷大神である陀天と三度目の対面を果たした男衆であるが、一方、肝心の陀天はといえば至って不満げな様子であった。

「何ゆえまだ京におるのや。早《はよ》う江戸に帰れと忠告したはずやが?」

巨大な黒狐は御簾《みす》の内からじろりと三人をねめつける。

「よくもまあ再びわらわの前に顔を出せたものや。些か不憫に思わんでもないが、頭領の魂が地獄に呼ばれてしもうた今、そなたら男衆が京に留まる理由もあらへんやろうに」

威風堂々とした陀天の気迫にはやはり畏縮せざるを得ない。

が、豊二郎は気勢を奮い立たせた。

「単刀直入に言います。陀天さま、俺たち黒雲の味方になってくれませんか」

するとこれを受けた黒狐は、

「はっ、たわけたことを」

顔を背けるが早いか、豊二郎の頼みを一笑に付した。

「よもやまだ京で戦う腹やったとはな。わらわの言うことを聞かへん身で、そのわらわに力を貸せやと？　人間とはほんに身勝手よの」

こうした反応は最初から想定済みである。

矢継ぎ早に錠吉と権三も声を上げた。

「ご忠告いただいたことにはもちろん感謝しております。ですがあいにく、京の危機を肌身で感じておきながら安閑《あんかん》と逃げ帰るような軟弱な思考を、我々は持ちあわせておりませんので」

「前に教えてもらった桃源郷の話は確かに理想と言えるかもしれやせん。けれどそのために鬼や妖を犠牲にするのはいかがなものでしょう？　しかも道満一派が出現させた禍ツ柱の邪気があるせいで、京には争いが絶えない状態だ。現に死人だって大勢出ている。あなたさまが中立のお立場に徹していらっしゃるというのは、よく心得ていますが……」

殺人、強奪、打ちこわし。これら悲惨な事件が多発し続ける現状を、京を守る神はどのように受け取っているのか。

されど陀天の答えは変わらず冷淡なものであった。

「京の人間が互いに奪い、殺しあう、か。それならそれで、よいではないか」

この物言いに豊二郎は憤りを禁じ得なかった。

「何がいいもんか！　京を守る神さまのくせに、京の人間が生きようが死のうが自分にゃ関係ねえってか？」

「豊、相手は稲荷大神さまだぞ。言葉に気をつけろ」

権三にたしなめられようとも怒りは収まらない。神とはもっと優しいものだと思っていた。命を慈しんでくれるものだと思っていた。それなのに陀天の心延《こころば》えは、豊二郎の期待からは遠くかけ離れたものであった。

「あんまりじゃねえか。こんな荒《すさ》んだ世の中じゃ神頼みだってしたくなる。京の奴らは皆、神さまが助けてくれるって信じてるだろうに――」

「なれば人は、神に何をしてくれる？」

思いがけぬ切り返しに豊二郎は虚を衝《つ》かれた。

見ると黒狐の大きな瞳には、心なしか侘しげな色が差していた。

「あうんざりや。神に助けてほしい、守ってほしいと請うくせに、果たして人は神が危機に陥った時、同じように助けてくれるんか？　身を挺《てい》しても神を守ろうとするか？　答えはそなたらも知っておろう。飛雷どのら古《いにしえ》の三龍神が裏切りにあったのと同様、人は本心では神を単なる万屋《よろずや》くらいにしか思うてへん。人はまこと愚かで薄情。人はまこと……醜い」

陀天が言うには、三年前に起こった大火災からこの方、京の人々は神仏を異様なほど妄信するようになったそうだ。菊丸の興した百瀬真言流にすがりついた者たちとて然り、神や仏なら天変地異や不穏な世情、その他ままならぬ現実をどうにかしてくれると考えたのだろう。

さりとて彼らは、心から神を崇めているのではない。

「もうすぐ大事な火焚祭《ひたきさい》やというんに、ふもとでは神事や供物の用意がろくろく行われておらへん。ことに嘆かわしいのはそなたらが今ほどくぐってきた鳥居群や。聞くが、あれらをいかように見た？」

「……数はもちろん立派ですけど、朱の剝がれたものが多かったような」

「然《さ》もありなん。蜘蛛の巣だらけで腐ったまま放置されとるものばっかりや」

鳥居は言わば神への信仰と感謝の証だ。しかし昨今、新たに奉納される鳥居はまったくと言ってよいほどなく、古い鳥居を手入れする者すらいないという。

京にはこんな諺《ことわざ》がある。「差し引きすれば仏さまに貸しがある」――神仏への信仰を欠かさず熱心にお布施を弾んだところで、実際に返ってくる功徳《くどく》を思えば割に合わないという意だ。十両を喜捨しても五両分のご利益しかないならば、残り五両分の貸しが神仏の側にあるというのである。

「神の功徳を金子《きんす》に換算するとは何と卑しきことか。人は望みが叶おうとも〝己の運がよかった〟やら〝日頃の行いがよかった〟やら豪語するだけで、神に感謝しようとは一つも思わへん。必死の形相でわらわに神頼みしておったことすら忘れてな。己ひとりだけが得をせんと願う者。他者を貶《おとし》めてやろうと願う者。あまつさえ願いを叶えぬなら京中の狐を狩り尽くしてやると脅す者もおるくらいや……。わらわとて何も見返りを求めておるわけやあらへん。ただ、人と人との間に礼義が重んじられるなら、神に対しても同じではないのんか」

土地とそこに生まれる命を守るのが神たる使命。しかしながら感謝の心も知らぬ利己的な人間たちを、神はいつまで守り続けねばならないのだろう。それではまるで奴《ど》隷《れい》ではないか。そう苦々しく吐き捨てて、黒狐は虚空を睨んだ。

「……されど道満が作る桃源郷なら、道満の息のかかった子孫たちならば、必ずや互いを慈しみ、神を大切にする心を持ってくれるはずや」

ゆえに稲荷大神は、今の京に生きる人間を諦めた。彼らが邪気に蝕《むしば》まれていこうとも、死の脅威にさらされようとも静観を貫くと決めた。

そうして自然の流れに委ねた結果、道満の桃源郷が現実となったならそこに生きる者たちを心より愛そう。それまでは何ら手出しをすまい――この言い分を聞くに、どうやら陀天は中立の立場を取りながらも心は我が子、道満に傾いているらしかった。

――人は醜い、か。

そのとおりかもしれない、と豊二郎は思った。

そもそも禍ツ柱の邪気は人の「本心」を炙《あぶ》り出すものであり、今起きている争いの数々はすべて人の心根が招いた当然の結果と言えるからだ。だとしたら陀天の言うように醜い人間など、自滅していったとしても仕方ないのかもしれない。

――でも……この世は何も、醜い人間ばっかりじゃねえ。

黒雲は、世に純粋な心根を持つ者たちがいるのを知っている。

鬼だ。

たとえ醜い人間が淘汰《とうた》されていくにせよ、その過程で心優しき人間が鬼となってしまう可能性があるならば、食い止めるのが黒雲の使命である。

両隣にいる錠吉と権三を見やれば、二人はゆっくりと首肯してみせた。同志の心が自分と同じであることはもはや確かめるまでもない。

豊二郎は再び陀天へと視線を戻した。

「陀天さまの考えはよくわかりました。なら死んだ安倍晴明公は、今の京を見てどう思うんでしょうね」

途端、陀天の眉間が微かに動いた。

「もし晴明公が今も生きてたら、道満の行いに味方してやるのか……俺にゃそうは思えねえ。だって変じゃないですか。晴明公は何だって仲がよかった道満を、双子の弟を京から追放しちまったんだ？　どうして〝金烏玉兎集〟を素直に渡してやらなかったんだ？」

そこには「不死」に対する、二人の見解の相違があったのでは――。

真実を知る手がかりは安徳が豊二郎たちに語った伝承だ。

そのあらましは、次のようなものであった。

長い修行の時を経て正式な陰陽師となった晴明、そして陰ながら兄を支えていた道満は、やがて同じ女子に恋をした。その名も梨花《りか》。兄弟は双子でありながら恋敵となったのだが、果てに梨花は晴明の妻になることを選び、道満は悔しいながらに兄を祝福したという。

しかし平穏で幸せな日々も束の間、梨花は重い病に罹《かか》ってしまう。晴明は陰陽術を駆使して妻の病を取り払わんとしたが、残念なことに効果はない。元より陰陽師に許されていたのは病で遊離しかけた魂を肉体に留める術のみであり、それだけでは彼女の寿命を引き延ばすことができなかったのだ。

いよいよ梨花が死に瀕した時、痺《しび》れを切らした道満は兄にこう訴えた。今こそともに「金烏玉兎集」を繙《ひもと》く時だ、と。梨花を不死にするためである。

さりとて「不死の秘法」は陰陽師にとって踏み入ってはならぬ最大の禁忌。なぜなら不死となることは定められた天寿に逆らうことと同義であり、「邪《よこしま》な法」に他ならないからだ。そのような術を修すれば術者とてただでは済むまい。大なり小なり何らかの悪影響が出るのは必定《ひつじょう》であろう。晴明は双子の弟にそれほど危険な橋を渡らせるわけにいかず、かといって自身も、陰陽師としての掟を破るわけにはどうしてもいかなかった。

なぜ梨花の死をそう易々と受け入れられるのか。それでも夫かと激昂する道満。対する晴明はむろん梨花を救いたいという弟の真意をわかってはいたが、それでも不死の秘法を実行することは認められない。激しい口論は平行線を辿り、果てに大規模な呪術対決にまで発展するも、決着はつかず仕舞い。その後、道満はとうとう金烏玉兎集を晴明の書庫から盗み出す。それに気づいた晴明は弟と梨花を引き離すべく彼を京から播磨へ追放した。京に留めておけばいつ不死の秘法を実行しようとするか知れたものではなかったからだ。苦渋の決断ではあったが、これにより仲睦《なかむつ》まじかった双子の兄弟は、完全に決別することとなった。

さらに追い打ちをかけるようにして、道満を追放して間もなく、梨花はあの世へ行ってしまった。晴明は妻を救えなかった。

実を言うと晴明自身、不死に反対したとはいえ梨花の死を本当の意味で受け入れていたのではなかった。最愛の妻を喪った心には大きな穴が開き、日ごと無力感が身を重くする。そんな折、六道珍皇寺を訪れた晴明は小野篁の伝説を思い出した。かの貴人に倣《なら》って地獄へ行き、妻を現世に帰してくれるよう閻魔大王に陳情しよう――かくて晴明は冥土通いの井戸から黄泉国へと向かい、そこで梨花と再会した。

感極まった晴明は梨花の手を引いて現世へ戻ろうとした。自らの立場もかなぐり捨て、て、現世にて不死の秘法を妻に行おうとしたのである。

ところが梨花は、晴明とは対照的に己が死を受け入れていた。

色々の無念があるまま死した人を差し置いて、自分だけが不死になるというのは違うと思うのです――梨花は優しく夫にそう言った。晴明や道満と一緒にいられて幸せな人生だった。だからよいのです、と。

梨花は大王から授かったという五行之印を手渡して夫を見送り、一方で現世へと戻り来た晴明は、ようやく彼女の死を心から受け止めることができるようになった。

だが同時に後悔も襲う。

それは弟、道満を説得しきれなかった後悔であった。

「確かに晴明公にしちゃあ人間くさくてちょいと不格好な話だ。でも思うんです。晴明公だって半妖とはいえ人だったんだから、人間らしい葛藤《かっとう》があったとしても何にもおかしくない。かえって好もしいくらいだ、ってね。晴明公は、行方知れずになっちまった道満を死の間際まで探し続けた。〝不死〟なんかじゃなく〝今ある生〟をこそ大事にすべきだって断言できずに、物別れしちまったことを悔いながら……」

豊二郎の語りを、陀天は横槍の一つも入れずに聞いていた。

語り終えた後もじっと黙している様子から察するに、やはりこの伝承こそが真実であったらしい。

「俺は晴明公みたいに頭がよくもねえし、冷静な判断だっていまいちできやしねえ。でも、兄貴として弟を想う気持ちは、嫌ってほどわかるんですよ」

晴明はどれほど道満の行く末を案じていたことだろう。大切な双子の弟と決別したまま死んでしまうのが、どれほど心残りだったろう。そう思案しながら豊二郎は自ずと、己が弟の顔を思い浮かべていた。

豊二郎と栄二郎は産まれてからこれまで何度も仲違いをしてきた。些細なことから大きなことまで、数えきれないくらいに。しかしそれは決して己の我を通そうと息巻くからではなかった。

どちらかが間違ってしまったならば、もう一方が正さねばならない。

命を分けた双子だからこそ、きっと最後には理解しあえるはず——二人はそうやって支えあってきたのだ。

「一つ、お尋ねします。陀天さまにとって道満が愛する我が子だってんなら、兄貴だった晴明公も同じはずですよね？　晴明公が〝今ある生〟を大事にするべきだって考えてたこと、陀天さまも知ってたんじゃないですか？」

「…………」

「もし晴明公が今も生きてたら、きっと兄貴として道満の過ちを正そうとするはずだ。桃源郷を作るにしても、犠牲を生まずに済む方法を一緒になって考えようとするに違《ちげ》えねえ。そんな晴明公の想いだって、支持するのが親心ってモンなんじゃありやせんか？」

だとすればなおのこと、こちら側についてほしい。黒雲とともに戦うことが無理だとしても、せめて道満の側につくことだけはしないでほしい。豊二郎の訴えは少なからず陀天に響いている様子であった。

さぁ――と、一陣の風が稲荷山を吹き抜けては、朽ちた葉をさらい、一同の静寂を流していく。

長い黙想の後、黒狐はようやく重い口を開いた。

されど告げられたのは短く、にべもない返事だった。

「……そなたらのような人間に、わらわの気持ちはわからへん」

それを最後とばかり御簾が下ろされていく。

あとに残されたのは落胆にうなだれる男衆と、空しい風の音だけであった。


「左様であったか。陀天の考えは、変わらなんだと」

「一応、宗旦にも説得を続けてもらうよう頼んでおいた。ただ、いくら宗旦が陀天さまから特別に可愛がられていると言っても、あのご様子ではやはり難しいだろうな」

明くる日のこと。

塒にて錠吉から事の仕儀を聞いた飛雷は、物憂げにため息を漏らした。

「人は薄情で醜い、とな。陀天の言うことはもっともであろうの。私欲に駆られた人間どもばかり見ておれば、道満の桃源郷に期待する心もわからんでない」

「……飛雷もそう思っているか？」

ひたと、大蛇は権三に目を留めた。

「そうじゃな、昔の我であれば同じように思っておったろう。心さもしく神さえも蔑《ないがし》ろにするような人間などいっそ、この世からいなくなってしまえばよいと」

けれども、今は違う。

「瑠璃や、ぬしら男衆……そして麗がおる限りはな。じゃから権三よ、そのように不安な顔をするな」

心の内を読まれた権三は「そうか」と表情を緩めていた。

「さて錠、陀天さまについては宗旦からの報告を待つとして、これからどうしたものだろうな。栄二郎の薬探しも当てが尽きてしまったし、蓮音太夫の所在もわからないままだし」

「駄目元でもう一度、太夫らの過去を洗ってみるとしよう。居場所の手がかりがつかめるかもしれない。あとはどうにかして金烏玉兎集を手に入れられれば、敵方の今後の計画を探れるだろうが――」

権三と錠吉が話しあいを進める一方、

「あのさ、悪いけどちょっと出てきていいか？」

言うと、豊二郎はひとり立ち上がった。

「そりゃ構わないが、どこへ行くんだ？」

「東寺だよ。今度こそ京から出るようひまりに言わなきゃなんねえ」

身重の妻、ひまりは安徳に頼んで東寺の結界内に匿《かくま》ってもらっていた。ひまり自身は豊二郎や瑠璃のいる京で子を産むと主張して聞かないのだが、もういい加減に江戸へ帰さねばなるまい。

「ひまりが泊まる宿坊を管理してる坊さんがいるんだけどさ、実はその人にお願いしてあるんだ。伊勢の桑名宿《くわなじゅく》までいいから江戸への道のりに付き添ってやってほしいって。桑名宿には、都花沙《つかさ》の若衆が迎えに来る段取りになってる」

豊二郎が江戸で営む小料理屋「都花沙」は現在、権三の料亭「沙久樂《さくら》」から呼んだ若衆に託してあり、内の一人に文を送ってあらかじめ出迎えを頼んであったのだ。

「もちろんひまりに内緒でな。ここんところ体調もいいみたいだし、若衆からも承諾の文が返ってきたことだし、今日のうちに京を出発すりゃお産までには余裕で江戸に着くだろ」

「でも大丈夫か？　ひまりは泣いて嫌がりそうだが……」

権三が懸念するのも無理からぬことだ。今まで豊二郎は再三にわたり江戸へ戻るよう妻を説得してきたものの、そのたび口達者な彼女に押し負け、さらには涙ながらに拒否されて途方に暮れていたのである。

だが京の治安がいよいよ悪化している今この現状で、甘い顔はもうしていられない。悩んだ末、豊二郎は強硬手段に打って出ることにしたのだった。

——今日ばっかりは泣かれたって絶対に譲らねえぞ。まったくひまりの奴、強情っ張りなところは瑠璃に似ちまいやがって……。

晡から南方にそびえ立つ五重塔を目指し、豊二郎は大股で歩を進めていく。

冬場の太陽は日脚が短い。早くも空が薄暗くなり始めていた。

——今から急いで東寺を出発すりゃ、ぎりぎり夜までには大津宿《おおつじゆく》に着けるか。

妻への説得の言葉を考えあぐねながら、豊二郎の足は自然と速まっていく。すると道の向こうから、

「豊二郎はん！」

年若い僧侶がこちらへと駆けてきた。宿坊を管理する例の若僧である。ひまりがそう簡単に京から出たがらないだろうことを踏まえて、彼にも説得の助太刀をしてもらうよう頼んであったのだが——。

どくん、と胸がざわめく。
東寺で妻と一緒にいるはずの彼が、何ゆえこんなところにいるのか。
若僧の顔は見るに蒼白で、只ならぬ事態を豊二郎に予感させた。
「東寺の結界が、奥方が……っ」
「ひまりが何だって？　おい、ちゃんと話してくれ！」
若僧は震える喉で唾を呑み下し、
「隙を突かれました。東寺の結界が、破られたんどす。化鳥《けちょう》に乗った白装束の女人《にょにん》が
ひまりどのを宿坊からさらって、そのまま――」
豊二郎は慄然《りつぜん》とした。
化鳥に乗った女人。その正体は確かめるまでもない。
――蓮音が、ひまりを――。
なぜ今なのか。次の新月までは何も仕掛けてこないはずだったのに。錠吉の読みが
外れていたのだろうか。
「蓮音は、その女はどこへ行った」
「島原どす。去り際にこう言うとりました。必ず黒雲頭領ひとりで来い、この言葉を
確実に黒雲の面々へ伝えろ、と」

「瑠璃ひとり、で……」

ひまりがさらわれた。大事な妻が。まだ産まれてもいない我が子が。果たして蓮音は、瑠璃をおびき寄せるべく身重のひまりに目をつけたのだ。

豊二郎は嵵のある方角を振り返る。

頭領が地獄へ行ってしまってから今日で三日目。

それでも彼女は、戻ってこない。

五

鋭い爪がかざされる。瑠璃は急いで右に跳びすさる。

「正嗣――」

続けざまに繰り出される蹴り。腰を落として寸前でかわす。が、相手は瑠璃の背後にまわるなり、ぶんと踵《かかと》を振り下ろした。

重い一撃を背骨に食らい、視界が歪む。瑠璃はたまらず膝をつく。爪が宙を裂く音。地を転がりながらどうにか距離を取る。

「待ってくれ正嗣、話を」

視線を伏せながら叫ぶ瑠璃に、正嗣はまるで聞く耳を持たなかった。

闇に覆われた無限空間、深獄。その中で唯一、正嗣のまとう光だけがぼんやりと視界を照らしていた。光――すなわち生き鬼が放つ、怨念の赤である。

深獄には何もない。正嗣と瑠璃の他に誰の気配も感じられない。当然ながら武器を見つけることなど不可能であり、瑠璃はまたも丸腰での応戦を余儀なくされていた。

加えて厄介なことに、相手は生き鬼。万物を魂もろとも滅する「呪いの目」を有しているのだ。

――目を見ちゃ駄目だ。見ればその時点で、わっちは死ぬ。

顔面をろくに直視できない以上、相手の足を見て動きを察知しなければならない。これが容易なことではなかった。

正嗣は地を蹴る。一瞬、高々と跳び上がった彼の姿を瑠璃は完全に見失ってしまった。左後方より迫る気配。視線を走らせる。しかし気づいた時には遅く、瑠璃の左腕は鬼の爪によって引き裂かれた。

「痛《っ》……っ」

わずかに身をひねったことで深手は避けられた。だが唯一の腕まで失うことになっては万事休すだ。瑠璃は速やかに踵を返す。と、視界に正嗣の顔が入る。反射的に目をつむる。その隙を突かれ今度は左肩に爪を食らってしまった。

ぼたぼたと鮮血が流れ落ちては、暗い地面へと染みこんでいく。

戦況の過酷さに瑠璃は閉口せざるを得なかった。

――わっちは正嗣と戦いに来たんじゃない。

されど正嗣にとって自分は長年の仇に他ならない。生き鬼になるくらい殺したくてたまらない相手だ。そう理解していても瑠璃は、彼との対話を諦めきれなかった。

「お願いだ正嗣、止まってくれ」

畳みかけられる猛攻。正嗣は敏捷《びんしょう》に跳び上がり、腕を振る。合間に蹴りを繰り出す。一方で瑠璃はただ避けることしかできない。

「お前さんの怒りはわかってる、でも少しでいいから話をさせてくれっ」

渾身の叫びすら、聞き入れてはもらえなかった。

正嗣は無言のまま攻撃を仕掛けてくる。彼の足元しか確認できないために反応は遅れ、次第に瑠璃は左腕のみならず、背中、胸にまで爪を受けてしまった。体中が激痛を訴える。流れ落ちていく血。揺らぐ視界。

こうして回避しているだけでは対話も叶わぬまま、死を待つのみとなろう。

――まだ不完全な状態で使いたくはなかったが、そんなことも言ってられねえか。

追撃の隙を見出し、瑠璃は傷ついた左腕をかざす。正嗣へと掌を向け、意識を集中させる。

瞬間、青の風が掌から噴出した。

「………………」

正嗣の体が後方に吹き飛ばされる。風は刃となり彼の体を瞬く間に切り刻んでいく。さりとて瑠璃は相手を痛めつけたいわけではない。動きを止めるだけで十分だと思っていたのに、風は瑠璃の意に反してさらに激しさを増していった。

——抑えろ、抑えろ、正嗣を傷つけるな。

そう念じれども風は強烈な竜巻と化して正嗣を襲う。

この風は使いこなせば成仏の力となり得るはずだが、彼の魂が浄化される気配は一向になかった。一体、何が足りないのだろう。焦る頭では解決策も見つからない。

やむなく左腕を下ろそうとした時、

——お前のせいだ。

瑠璃は目を瞠《みは》った。突如として、頭の中に声が響いてきたのだ。間違いない。

これは正嗣の、魂の声だ。

——一族が滅んだのも、俺が生き鬼になったのも、こうして地獄に堕とされたのも全部、全部、お前のせい……お前は俺が、殺してやる。呪ってやる……。

——全部、全部あんたのせいや。あんたがいたから、みんな不幸になった。

正嗣の恨み言が、麗の声と重なった。

十分に覚悟していたつもりでも、己に向けられる憎しみの声はやはり、深く鋭く胸をえぐった。瑠璃は相手の口元へと視線を動かす。

先ほどから正嗣の顔には表情というものがまるでない。あまりに濃厚すぎる憤怒は、人から表情を奪ってしまうのかもしれなかった。

「……お前さんの言うとおりだ。わっちのせいで、滝野一族は、お前さんは」

竜巻に苛《さいな》まれながらも立ち上がる正嗣。視線がゆっくりと、こちらに向けられる。

瑠璃はハッと顔を伏せた。

「自分の犯した罪がどれだけ許されないものかはわかってる。ただ、どうか聞いてほしい。正嗣、わっちはお前さんを、地獄から救いに来たんだ」

途端、頭に響いていた恨み言がぱたりと途絶えた。

違和感を覚えた瑠璃は己の左手を見やる。

青の風を生じさせる左手に、いつの間にか赤い靄《もや》らしきものがまとわりついていた。靄は手首を伝って肩まで達し、瑠璃の全身、さらには深獄の大気までをもじわじわと覆っていく。次の瞬間、

「どの口が！」

正嗣の怒号が響き渡った。

「一体どの口が〝救う〟だなんて抜かすんだ？　まるで他人事《ひとごと》みたいによ。ミズナ、お前のせいで俺はすべてを失った。父も、母も、兄も、故郷すらも！　あれから俺がどんな思いで生きてきたか、何もかも失って、それでも生き続ける苦しみがどんなものだったか想像できるか？　……お前のことは一度殺すだけじゃ到底、足りやしない。簡単に死ねると思うなよ、この人殺しが」

──今さら謝られたって何にも変わらへん。あんたみたァな心の腐りきった女に謝られたって何にも報われへんのや……この、人殺し。

正嗣は鬼哭《きこく》を発した。

体から赤い衝撃波が弾け、青の竜巻を一瞬にして掻き消す。

弾き飛ばされた瑠璃は体を激しく地面に打ちつける。凄まじい波動に圧《お》され、上体を起こすことすら叶わない。

結界もない中で受ける鬼哭の苛烈さは、予想を遥かに上回っていた。何よりこれは他でもない、自分自身に向けられた鬼哭なのだ。頭が割れんばかりの怨念。呪う声。

凍てつく波動。深獄の暗闇に荒れ狂い、瑠璃の体を蝕み、心の深層にまで容赦《ようしゃ》なく入りこんでくる。

胸が重い。

息が吸えない。

死んでしまった方が楽ではないかとさえ思った。この絶え間ない怨嗟の嵐には、人間は元より神でも抗《あらが》うことができないだろう。

声も上げられぬまま、鬼哭の波にさらされ、心が見る見る削り取られていく。

そんな瑠璃に歩み寄ってきたかと思いきや、正嗣は勢いよく腹を蹴り上げた。

「……っ」

たちどころに逆流してきた血と胃液が口の中に広がる。意識が飛び、力が抜ける。

次いで正嗣は仰向けになった瑠璃の左腕を足で押さえつけると、垂直に踏みつける。ごき、と嫌な音がして骨が砕かれた。

相手がゆっくりと自分に覆い被さってこようとも、瑠璃はただせめてもの防衛に、両目を閉じることしかできなかった。

「俺を見ろ、ミズナ」

正嗣の声が正面から降ってくる。折れた左腕をぎりりと握りしめられ、激痛が脳を貫いた。

本能は、逃げろと叫んでいた。組み敷かれていても、隻腕が折れていても、まだ動ける。目をつむったまま頭突きをするのでもいい。腕を動かせずとも青の風をもう一度出したなら、相手の隙を生むことができるだろう。生きて現世に戻るには、逃げなければいけない――が。

「お前がしでかしたことの顚末《てんまつ》を、その目でちゃんと見ろ。お前のせいで俺は生き鬼になった。世話になった者たちまでを……おそらくは、襲ってしまったんだろう。わからない。覚えていないんだ。生きていた間も、地獄に堕ちてからも、絶望ばかり。苦しみばかり」

けれど、と正嗣の声はささやくように言った。

「お前を殺せたなら、少しは報われるのかもしれない。わかるか、ミズナ？　お前は俺を救うために地獄へ来たんじゃない。散々人を殺しておいて、今さら善人ぶったことを抜かすんじゃねえよ。お前ができることはただ一つ。俺に呪い殺されることだけ。お前はそのために、地獄へ来たんだ」

どうして黙っているのかと正嗣は問う。しかし瑠璃は答えることができなかった。

鬼哭に蝕まれ、己の罪を突きつけられ、何も言葉が出てこなかった。

「わかるかミズナ。俺の、この苦しみが、怒りが、お前にわかるか！」

――ああ。わかるよ、正嗣……。

なぜなら瑠璃もまた、激しい怨念の果てに生き鬼へと身をやつしたのだから。

正嗣がどれだけやりきれぬ思いを抱えてきたか、どれだけの辛苦に身悶えしてきたか。あまりある憤怒の程も哀しみも、今の瑠璃には手に取るようにわかっていた。

逃げろ。

本能が叫び続けている。今まで数多の窮地を切り抜けてきたように、この状況から逃げることもまんざら不可能ではない。足掻《あが》く方法はまだいくらでもある。されど瑠璃は、こと正嗣に対しては、足掻かないことを選択した。

呪詛《じゆそ》を受け入れるがごとく、まぶたを開く。

その双眸《そうぼう》に映ったのは、螺旋を描く呪いの目――赤い涙を流す、正嗣の悲痛な面差しであった。

「……ごめんよ、まさちゃん」

ぽた、と赤い涙が一粒、瑠璃の瞳に落ちた。

「そうだ。全部、わっちのせいだ。言い訳はしない。わっちは幼かったお前さんから、あるべき平和な明日を奪ってしまったんだ。ずっと、今までずっと……わっちを呪うことで救われるなら、そうしてほしい。お前さんの魂が、この暗い場所から解放されるなら……」

呪いの念が体内に満ちていく。

死の感覚に浸かっていく心と体。

瞳に落ちた涙がゆっくりと、瑠璃のこめかみを伝い流れていく。

自分はこのまま魂も残さず消滅するのだろう。未練はあったが、これが「罰」だというなら逃げてはならない。目を背けてはならない。

——正嗣になら、殺されてもいい。

彼には、その権利があるのだから。向けられた怨念、そして己が運命を受け止めるように、呪いの目を正面から見つめる。

しかし瑠璃は、消滅しなかった。

唐突に、体から青の風が立ち起こった。だが今までの風とは何かが違う。荒々しさもなければ、相手を切り刻むこともない。

泉が静かに水をたたえるがごとく、風は柔らかな光を帯びて優しく正嗣を包みこみ、深獄の中に広がっていく。

――これは……。

瑠璃は自然と悟り得ていた。

これこそが、蒼流の真なる力――「成仏の風」に違いないと。

互いに無言のまま見つめあう瑠璃と正嗣。風に触れた正嗣の瞳からは、赤が段々と薄れつつあった。

「ミズナ……お前は本気で、俺を救おうとしてたんだな」

そうこぼした彼の面持ちには、深い寂寥《せきりょう》と、悔しさが滲《にじ》んでいた。

「本当は、わかってたんだ。お前を恨んでも仕方がないと。本当に恨んでいたのはお前じゃない。俺たち産鉄民《さんてつみん》を罵《ののし》り、蔑《さげす》み、挙げ句の果てに里を襲ったあの男どもだ。だが誰より俺は……俺自身を、恨んでいた」

死にゆく同族を置いて、ただ逃げることしかできなかった自分を。立ち向かう勇気を持ち得なかった自分を。

独り言ちるような述懐は続く。

「京に流れ着いてからも同じだった。俺は宝来の皆と過ごす中でも、差別に抗うことすらしなかった。情けねえ話だ、拾ってもらった恩を一つも返せなかったんだから。臆病な性根は成長したところで変わらなかったのさ。最後の、あの時だって」

「正嗣……」

「全部知ってたんだ。ミズナ、お前は蒼流さまの生まれ変わり。前世の兄弟、飛雷さまに魅入られてたってこともな。滝野一族を惨殺したのはお前の意思じゃない。飛雷さまが起こしたことなんだろ？」

黙りこむ瑠璃の一方、正嗣は口惜しそうに歯噛みした。

「ずっと、自分の無力さから逃げていた。お前の事情を心の底でわかっていても、俺は、誰かを恨まないではいられなかった――」

「正嗣。伝えたかったことがあるんだ。お前さんには、娘がいる」

目を見開く正嗣に向かって、瑠璃は麗のことを話して聞かせた。

「今は確か十二歳。目元が特にお前さんと似てて、賢い子だよ」

「俺と、まさか、カノの子か？」

「ああ。与茂吉《よもきち》さんが母親の名前をそう言ってた」

「……やっぱり俺は、生き鬼になってカノを襲ってしまったんだな」

正嗣の顔が苦悶に歪んだ。青の風に吹かれて、彼の体は徐々に薄くなっていく。こうして言葉を交わせるのも、おそらくあと少しだろう。

「何となく、察しはついてる。俺の――鬼の血を引く娘ってことは、その子も俺と同じような怨念を抱いてるんじゃないか？」

彼はこう推した。

麗も自身と同じように瑠璃を恨み、かつ恨むことによって、差別される憤りから目をそらしているのではないかと。

「だとしたらそれは俺のせいだ。ああ、どうにも綺麗に逝《い》けねえものだな。心残りが一つもなく逝くことなんて、誰にもできないんだろうが」

最後に瑠璃を見つめると、

「ミズナ。同胞であるお前にしか頼めない。お前だから頼みたいんだ。俺の娘に、こう伝えてくれないか――」

正嗣の伝言を受けた瑠璃は、努めて表情を和らげた。

「……もちろんだ。確かに伝えよう」

この言葉に安堵したのだろう、やがて正嗣の輪郭はゆっくりと、青い光の中に消えていった。

深獄に穏やかな風が吹き渡る。

成仏の風が満ちるごとに獄内の鬱々たる気が清められ、あるべき状態へと立ち戻っていくようだ。青く淡い光が広がり、暗闇に覆われた深獄の全貌を少しずつ浮かび上がらせていく。

何もないと思っていた深獄には、格子で封じられた独房が無数に立ち並んでいた。正嗣もこのどれかに入れられていたのだろう。

瑠璃は立ち上がって宙空を仰ぐ。風の中心に佇みながら、獄内の変化を肌で感じ取っていた。目には見えぬ魂――生き鬼たちの魂が、風の中に浄化されていくのを。

――ありがとう、瑠璃さん。きっと来てくれるって、信じてたわ。

吉原の四君子、花扇《はなおうぎ》や花紫《はなむらさき》。友であった雛鶴。傀儡《くぐつ》としてともに戦った朱崎《あけざき》。彼女たちの魂が語りかける声が、直に胸へと伝わってくる。その声も次第に遠くなっていき、深獄に再び、静寂が満ちた。

長かった。

当てもなく、途方もない願いだった――。

日ノ本を巡り、多くの壁や苦悩に阻まれる旅路の果て、瑠璃はついに生き鬼たちの救済を成し遂げたのであった。

光を帯びた成仏の風はやみ、代わりに暗闇が下りてくる。と、宙空に一点の光がともった。光は一気に輝きを増して人の形をなしていったかと思うと、

「終わったか。どうやら生き延びたようやな」

忽然《こつぜん》と現れたのは小野篁であった。

篁は驚く瑠璃に向かい黙って手をかざす。彼のまとう黄金の光が瑠璃を包みこむ。すると不思議なことに、折れた左腕、度重なる戦いの中で負った傷が見る間に癒やされていった。

「龍神、蒼流の風か。深獄の生き鬼たちまで浄化してみせるとは、あな天晴《あっぱれ》と称える他ない」

彼の面立ちは依然、まばゆい光に覆われていてしかと確かめることができない。それきり思案げに口を閉ざしてしまった篁に、瑠璃は問い質したいことがあった。

「篁卿。正嗣たちは、ここ深獄でどんな罰を受けていたのですか」

「……追憶や」

光も差さぬ独房の中、己の記憶を何度となく振り返る。誰かに裏切られた記憶。踏

みにじられた記憶。怒りや哀しみを育んで生き鬼となり、狂い、喘ぎながら他者を呪い続けた記憶――人としての生と死。目を背けたいと思う過去。それらを繰り返し強引に見させることこそが、深獄における罰なのであった。

辣獄のように肉体的な痛みが与えられることはなく、流獄のように無意味な行為を課せられることもない。しかしながら生き鬼化の経験を持つ瑠璃は、深獄の罰が最も重いとされる理由を悟った。

深獄が恐ろしいのは何より「繰り返す」ことにある。許しを請うても気が触れてもなお、どんな意図があるのかすら判然としないまま追憶は繰り返される。生き鬼となるに至った衝動、そして生き鬼になってからの、あの破滅的な心痛を思えば、それを無限に反芻《はんすう》させられることがどれほど酷かは考えるまでもない。

究極の罰とはすなわち「心に与えられる罰」だったのである。

「なぜです篁卿。生き鬼はみな地獄と契約した者、つまり地獄が力を貸して生まれた存在だ。にもかかわらず、なぜそれほどの重罰が与えられねばならないのですか。まして生き鬼は、辣獄にいたような悪党どものせいで、鬼になるしかなかったというのに――」

「地獄が力を貸す、とな。未ださような言い伝えが流れておるとは困ぜしものぞ」

言い伝え、という言葉に瑠璃は片眉を上げる。

「なれば問うが、汝は生き鬼へと変じた折、地獄と約定を交わしたか？」

答えは否。瑠璃は己の内側から迸《ほとばし》る情念によって生き鬼となりかけたのであり、誰の力を借りたわけでもなかった。

篁は言う。たとえ地獄に堕ちようとも、鬼となり恨みを晴らさん――このように心の奥底から染み出る怨嗟こそが、人の道を外させてしまうのだと。まさに「人を呪わば穴二つ」。したがって地獄が関与しているというのは、現世に流れる伝承に過ぎなかったということだ。おそらくは生き鬼と相対した昔の先人たちが、その禍々しさから地獄を連想したのが伝承の始まりだったに違いない。

とはいえ、なお釈然としない。

生き鬼たちが辣獄の悪人より重い罰に処されるなぞ、どうにも不条理ではないか。後者の方がよほど重罰を受けるにふさわしいだろうに。

こう疑念を呈した瑠璃に対して篁は、

「……瑠璃よ。汝は何をもって善とし、何をもって悪とする」

「人の道理に背いた者は悪人でしょう。もちろん、鬼を生む元凶も含めて」

「然らば悪人は、何ゆえ悪人になったのやろうな」

この返しに瑠璃は図らずも胸を衝かれた。

「問い方を変えよう。汝の知る善人には、悪しき心がひと欠片もないのか。誰のことも疎《うと》まず、妬まず、憎まない。さような人間がまことにいるのであろうか」

「…………」

現世にて善人または悪人と区別されていても、その実、人は心に「善」と「悪」の両方を持っているものだ。神である飛雷、己の前世である蒼流さえ善悪の狭間で葛藤していたのだから、より不完全な人間はなおさらだ。

瑠璃も、黒雲の男衆とて後ろ暗い過去が何一つないわけではない。錠吉はかつて僧侶の立場を捨てきれず、言ってしまえば保身のために愛した女を見放した。権三は家族を殺された復讐に身を焦がした。豊二郎は自らの出自に悩む中で直接的な関係がなかった瑠璃に当たり、栄二郎は、瑠璃へ好意を寄せる者に嫉妬した。

鬼となる者は概して善人と呼ぶにふさわしい者たちだが、反面、彼らは一度たりとも悪行を為すことなく生を終えただろうか。聖人君子のように見える者でも時として悪意なく他者を傷つけることがある。悪意のない悪はある意味、最も残酷だ。

とどのつまり、悪意を剝き出しにすることを厭わぬ者が悪人。対して悪意をひた隠しにするか、己の中の悪に気づいていない者が善人と呼ばれるだけで、両者は根底では同じなのかもしれない。

瑠璃は鬼が鬼となった所以《ゆえん》を知ってはいても、なぜ悪人が悪人となってしまったのか、その背景にあるものを知らなかった。知るべきだという考えすら、今まで一度も起こらなかった。

「何ゆえ生き鬼に重罰を与えるのかと問うたな。それは生き鬼が呪いの目で他者の魂を消滅せしめ、転生の機を奪うがゆえ。かつ、何よりも、人としての自我を捨ててしまうがゆえ」

人としての生を自ら打ち捨てて呪いの道に走る――これほど哀しいことが他にあるだろうか。篁はそう投げかけた。

元より地獄で与えられる罰は、亡者をただいたずらに痛めつけるためのものではなかった。

「砥石《といし》で幾度も磨くようにして過ちを悟らせ、魂を清め、三有《さんぬ》の苦果《くか》から救うためにこそ罰はあるのや。さもなければ生まれ変われども、また同じ過ちを犯してしまうであろう」

――すると地獄ってのは、禊《みそぎ》のためにある場所だったのか……。

篁いわく、現世の絵や像で表現される閻魔大王の肌は得てして真っ赤であるが、実際、大王の顔は赤く険しいのだという。それは悪行を為した亡者に激怒しているからではない。亡者に地獄行きを言い渡す際、大王もまた熱く溶けた銅を口から流しこみ、亡者と同じ責め苦を味わうからだ。彼らがもう二度と罪を犯さないようにと、祈りをこめて——苦しみを自らにも課す大王の顔は、亡者への限りない慈愛を体現していると言えるだろう。

厳しい罰も亡者のため。地獄は亡者が罪を自覚し、来世に向けて更生するためにこそ存在しているのであった。

とりわけ深獄における「追憶の罰」は果てしない心痛を伴うものの、ここに堕とされる魂はやはり根が純粋なため、己が罪を悟りやすい。孤独のうちに己と向きあい、自らの生を見つめ直すことができる者たちだ。

そうして禊を終えた魂は浄土へ送られ、転生の時を待つのである。

「では、辣獄にいる亡者たちは？」

「嘆かわしくも、あれらの魂はなかなかに罪を悟ろうとせぬ。ゆえに次の獄、また次の獄と、自ずから悟るまで罰を受け続ける」

瑠璃が通らなかった辣獄が第一房の「氷雪《ひょうせつ》地獄」から第二房の「毒蛾《どくが》地獄」、第三房の「波濤《はとう》地獄」へと、順々に。

「第四房の炎熱地獄でも悟らぬ際は、川の流獄へと堕とされる。流獄は深獄と同じく特殊な獄よ。狂気の果てに悟る者もあれば、獄卒へと転じる者もある」

「ならあの獄卒たちは元々、罪人だったと？」

「いかにも。他者の罪を見つめることで己が罪を省みることもあろう。さらに流獄の川には深獄の他にも痾獄《あごく》、渇獄《かつごく》、轢獄《れきごく》、禁獄《きんごく》などへ通じる襖があるが……」

仔細を聞きたいか、と尋ねられた瑠璃は即座に首を振った。

——地獄の恐ろしさはもう、十二分に実感したんだから……。

口を引き結ぶ瑠璃に対し、なぜだか篁は——ひょっとすると見間違いであったかもしれないが——ごくわずかに微笑んだ。

「汝の行いはすべて王宮の内より見ておった。汝は亡者と戦い、生き鬼と戦い、己が罪と向きあいし末に、真なる力を開花させた」

ならばよし、と頷く。その満足げな様を見た瑠璃は確信した。

辣獄での戦闘から深獄での生き鬼の浄化に至るまで、すべては篁が仕組んだ流れだったのだと。

——途中からそんな気がしてたんだ。獄卒たちが傍観してるだけだったのも、そうするように篁卿から命じられてたんだろうな。

初めから思惑を明かさなかったのはおそらく、窮地に陥っても手助けしてもらえるといった心の甘えが生じないようにするためだったのだろう。半端な心持ちでは龍神の力を覚醒させることはできない。ゆえに罰を受けろと、あえて厳しく告げたのだ。

しかしなぜ、力の覚醒を促したのか。

真相は当人の口から明かされた。

「今、閻魔大王は深く憂えておられる。京に充満する邪気により、現世と地獄が繫がりかけたる現状を」

瑠璃は小さく息を吞んだ。

京が死者の世界になりかけている——いつぞや立てた予想は果たして、思い過ごしなどではなかったのだ。

閻魔大王は現世の使者たる陀天から報告を受けるばかりでなく、日ノ本の各所に佇む地蔵を通して自ら現世の有り様を見ているという。

目下の京には、昔々に顕現したとされる伝説の鬼と酷似した鬼が多く出没していた。「鉄輪《かなわ》」の鬼、「恋塚寺《こいづかでら》」の鬼、「娘道成寺《むすめどうじょうじ》」の鬼。伝説の鬼たちは当時の陰陽師によって退治されたとはいえ、陰陽術に鎮魂の効果がないために、魂は京の地に染みこむ形で今なお残留している。その強い思念が邪気に引き寄せられるように地中からじわじわと染み出し、似た怨恨を持つ現代の生者に取り憑《つ》いては、彼らを鬼に変えていたのである。

篁が言うには、このままいくと京は完全に死者の世界と化して別次元にある黄泉国と共鳴しあい、双方へ行き来できる道が開いてしまうらしかった。

もしそれが現実となれば、何が起こるだろう。

「生者は死者に干渉すること能《あた》わず、死者は生者に干渉すること能わず――これもまた生と死の理よ。だがひとたび現世と地獄が繫がれば、この理は崩壊する」

そうなれば生に飢えた地獄の罪人らが、現世に大挙してなだれこむ結末となろう。

現世は混沌の地と化す。

「そんなことは――」

「左様。必ずや阻止せねばなるまい。亡者を預かる地獄としても」

されど、と篁はやや言いよどむ。

「いかな大王といえど現世に直に手出しをすることはできぬ。それも地獄の法であるがゆえ……さればこそ、瑠璃。汝を地獄へと呼んだのや」

現世と地獄が繫がりかけている根本の原因は、蘆屋道満にある。

京に邪気を散布しているのは道満一派の術により屹立した禍ツ柱だ。甚大な四神の力に邪気が加えられたあの柱がすでに三本も起動し、残るはあと一本となった今、大王の憂いはより現実味を帯びてきた。

「陀天どのから聞いた。汝こそが龍神、蒼流の宿世であり、かつて剣舞《けんぶ》により魂の浄化を成し遂げた〝東《あずま》の謡《うた》い女《め》〟であると……。瑠璃よ。閻魔大王が名のもと、汝に任を申し渡す」

その瞬間、瑠璃は黄金の輝きの奥に、厳《おごそ》かなる篁の面差しを確かに見た。

「現世に戻りて蘆屋道満を食い止めよ。龍神の真なる力をもって、京を救え」


京にある「黄泉がえりの井戸」へ通じるという帰り道は、またしても暗闇に覆われていた。蠟燭の炎が弱々しく揺らめき、果てしない道のりを浮かび上がらせている。

話を終えた篁は帰り道へと繋がる襖を出現させ、瑠璃に行くよう促した。

壁の内から亡者の声が聞こえてきても応《こた》えるな。ゆめゆめ、振り返ってはならないと言って——。

「行かナいで」

「ずるイ。ずるい、よォ」

「ここにいテ、一緒に、ズっと……」

どんよりと生臭い死臭が立ちこめる中、壁に蠢く亡者は行きよりも強引に瑠璃を引き留めようとしてきた。暗闇から腕を伸ばし、袖をつかむ。体をまさぐる。老若男女の声が、行くなと訴えかけてくる。

地獄で数々の亡者を見、戦いを遂げた瑠璃であったが、やはりこの恐怖には堪えがたいものがあった。

――わっちは帰るんだ。現世へ、皆のもとへ。

ややもすれば恐怖に掬われそうになる足を急き立てながら、必死に同志の顔を思い浮かべる。

生者が地獄で正気を保つのは生半《なまなか》な精神ではできない。現世にて待つ者たち、己が為すべきことを強く心に思わねば、亡者たちに隙を突かれる気がした。

――やっと戻れるんだ。ここまで来て立ち止まるわけにはいかない。早く、早く、わっちは生きて現世へ……。

さりとて瑠璃は知る由《よし》もなかった。

この帰り道に篁すら意図しない、最後の試練が待ち構えていたことを。

「ミズナ」

その声は後方から聞こえてきた。

瑠璃の瞳が揺れる。唇が、不如意《ふにょい》に震える。

「はは、相変わらず難儀なやっちゃな。せっかくまた会えたんに、行ってまうんか。もう、俺のことを、忘れてしもたんか……」

飄逸《ひょういつ》として寂しそうな声に、瑠璃の足がついに止まった。忘れるはずないじゃないかと、喉元まで出かかった。

背後から聞こえてきたのは、過去に愛してやまなかった男、忠以の声であった。

死に別れてもなお会いたいと望んでいた彼が、今まさに自分の後ろにいるのだ。

――忠《ちゅう》さん――。

「吉原の大門で別れたあの日から、悔やんでも悔やみきれへんかった。お前に皮肉まで言われたんに、何で俺は、〃いつか一緒に蛍《ほたる》を見に行こう〃って、ちゃんと言われへんかったんやろな」

彼との最後の思い出が、瑠璃の心に突き刺さる。

「なあミズナ。俺は今でも、お前が好きや。誰より一番、心の底から愛しとる。せやさけホンマは、ここに一緒におってほしい。お前を離したくなんかない。けどそれはやっぱ、無理なお願いなんかな……」

切なげな声が抗いがたく後ろ髪を引く。振り返ってはならない。そうしかと心得ていたはずなのに、体が無意識のうちに動いていく。視線が忠以のいる方、背後へと滑っていく。そして瑠璃は――。

六

双子の弟を得体の知れぬ呪術で瀕死にされたと思ったら、あろうことか今度は身重の妻である。蓮音——あの女にだけは断じて容赦しない。豊二郎の怒りは最高潮に達していた。

日が傾いた申《さる》の刻《こく》。

大門をくぐった豊二郎、錠吉、権三の目に飛びこんできたのは、

「……ここが、京で一番の遊郭だってのか？」

血のように赤い夕焼け空の下には、一面の焼け野原が広がっていた。

火災に見舞われた島原の惨状は想像していた以上にひどい。建物はことごとく焼け落ちて消し炭となり、鼻を覆いたくなるほどの焦げ臭さが立ちこめている。そこには人肉の焼けた臭いもまじっていた。

「出火元の白浪楼は？」

錠吉に問われた権三は、大門を入って右手の道を指し示した。

「あの辺りだ。火事が起きた時は風が弱かったらしいが、見てのとおり島原には建物が密集してる。火はどんどん燃え移って消火する暇もなかったそうだ。南西の端の方にある揚屋《あげや》が数軒と、西門そばの住吉《すみよし》神社を残しただけであとは火に呑まれた。床入りを終えて眠りにつく時分だったから……逃げきれなかった者も多かった」

悲鳴の数々が聞こえてくるようで、三人はしばし口ごもる。

逃げ遅れた遊女のものであろう、辺りにはまだ黒焦げの焼死体が転がったままだ。身に着けた優美な衣裳、金銀の簪《かんざし》や笄《こうがい》までもが煤《すす》に汚れ、事の悲惨さを表すかのようであった。

島原には自分たち以外、見渡す限り人影がない。まだ日が落ちきっていないというのに焼け跡の片づけをする者の姿も皆無である。これは少々、妙ではないか。三人が覚えた違和感の理由はすぐに明らかとなった。

目抜き通りを進んでいくうち、三人は道の端に男の死骸がいくつか転がっているのを発見した。焼死体などではない。彼らの胸や腹には真新しい傷が残っていた。鋭い何かでえぐられたような傷――間違いなく、鬼の爪によるものだ。

死骸の一つを上からのぞきこんだ権三は途端、顔をしかめた。

「この男、白浪楼の若い衆だ。前に話したから覚えてる。こっちは……くそ、やっぱりか」

「誰なんだ権さん？」

「白浪楼の楼主だ。仮宅からたまさか島原に戻ってたんだろうな」

焼け跡の処理がどの程度進んだか確かめに来たのだろうが、もし島原へ足を運ぶのが今日でなければ、楼主が死ぬことはなかったに違いない。

かつて自身が太夫にした女と、鉢合わせることもなかっただろう。

「蓮音め、裏朱雀を使ってこの人らを殺したのか。何てむごいことを」

ふと、豊二郎は不吉な気配が漂ってくるのを感じ取った。

目を眇《すが》めて見れば、南西の方角に一風変わった高楼が二つ、ぽつねんと建っている。一つは瓦《かわら》と土を固めて築いた露台、もう一つは火難を免れたという揚屋だ。

——あそこか……今行くからな、ひまり。

妻は無事だろうか。手荒なことをされていないだろうか。むくむくと、憤りが喉元までせり上がってくる。

豊二郎は煤まみれの道を南西へと急ぎ走った。

かくて露台の下まで辿り着いた瞬間、

「ちょっと、東寺の坊主から言伝《ことづて》を聞かへんかったの？　必ず頭領ひとりで来い言うたやろっ。それやのに、あんた一人で何しに来よった」

頭上から降ってきた鋭い声。豊二郎は露台を見上げて絶句する。

どうやら露台には屋上座敷が設けられているようだ――その縁《ふち》ぎりぎりに、ひまりが座らされていた。

「豊さ……」

涙ながらに声を漏らすひまりは、紙のように真っ白な顔をしていた。抵抗できぬよう上体は縄できつく縛られ、宙にぶら下がる両脚は置き所なく風にさらされる。

ひまりの背後には蓮音が脇差《わきざし》をちらつかせ、二人から少し離れたところには、これまた蒼白な顔色をした麗が立ち尽くしていた。

蓮音は顎をそらして地上の豊二郎を見下ろす。

「ふん、知っとるえ。この女、あんたの女房なんやろ？　旦那の帰りくらい大人しゅう江戸で待っとればよかったんに、わざわざ京まで、しかもおっきな腹を抱えてくるなんてとんだアホや」

「……黙れ」

「しかし見くびられたモンね。東寺の坊主どもが張る結界ごとき、このあてが破れへんとでも思ったん？　女房もアホなら旦那もアホやえ」

「黙れって言ってんだろ、このクソ女！」

勃然とした怒りが喉で弾けた。

「瑠璃を刺激するために栄二郎を攻撃して、今度もまた瑠璃をおびき寄せるためにひまりを利用して。まわりくどいやり方しかできねえのか。自分で卑怯だとは思わねえのか？　てめえみてえな根性のねじ曲がった女が、俺の女房に触れるんじゃねえ！」

豊二郎の語気に寸の間、蓮音は口を閉ざした。

ぴくぴくと、泣き黒子のある目元が痙攣する。艶《つや》めいた赤い唇が歪んでいく。

「はは、は」

美しい顔立ちがたたえた歪《いびつ》な笑顔に、豊二郎は身じろいだ。

「そっかア、あんたってさ、自分の女房がどうなってもええんやね。もしかしてこの女の腹を掻《か》っ捌《さば》いたらどうなるか見てみたいん？　奇遇ね。あても見たいと思ってたんよ」

――しまった。

ぶわりと冷たい汗が噴き出て豊二郎の首筋を伝う。今だけは我慢しなければと承知していたのに、つい怒りの丈《たけ》を吐き出してしまった。

片や蓮音は脇差でゆったりとひまりの体をなぞり、声を立てて笑う。

「あははっ。楽しみやねえ、何が出るんかなあ。真っ赤な臓腑に、小さなやや。目が開いてないなら桃の花を活けたって、口には桃の実を含ませて」

「待て、わかった、俺が悪かった。だから傷つけないでく——」

「うるさい！」

蓮音の態度は目まぐるしく変わる。平静であったかと思えば幼子のごとく笑いだし、次の瞬間にはいきなり癇癪《かんしゃく》を起こす。

「何がわかったって？　舌先三寸であてを騙せると思うな！　女房を助けたいんやろ、やったら代わりに頭領を差し出せ。あんたはただあの女をここに連れてくればそれでええの。こない簡単なことはないいんに、なのにどうして言うことを聞けへんのや、なあ、なあ！」

原因は不明だが、蓮音が相当に不安定な精神状態にあることだけは確かだった。元より冷血な彼女のこと、人質を躊躇なく殺してしまう展開とて容易に想像できる。

——何とかしねえと。錠さんと権さんの準備が整うまで、どうにか俺がこの場をしのぐんだ。でなきゃ、ひまりが……。

豊二郎と別れた錠吉と権三は今、目抜き通りからではなく南まわりで現場に向かっていた。蓮音たちのいる露台の上へは、渡り廊下で繋がる隣の揚屋からしか行くことができない。豊二郎が蓮音の注意を引きつけている間に錠吉と権三が揚屋へ忍びこみ、渡り廊下を通り、背後から蓮音の隙を突く作戦であった。

しかし焼け野原と化した島原で目立った動きを取れば、高場から周囲を見渡す蓮音にすぐ見つかってしまう。よって錠吉と権三は焼けた建物の陰から陰へ、少しずつ移動していくしかない。

詰まるところ策が成功するか否かは、豊二郎がどれだけ蓮音の目をこちらに向けさせられるか、二人が渡り廊下まで辿り着く時間を稼ぎきることができるか、この二点にかかっているのだった。

二手に分かれる寸前、錠吉と権三はこう釘を刺していた。

──いいか豊。絶対に太夫を刺激するな。どんなに腹立たしいことを言われても、ひまりのために今だけはこらえろ。

──そうだな、困った時は栄二郎ならどう交渉するか考えてみるといい。穏和な話しあいならあいつの十八番《おはこ》だろう。

「……瑠璃なら、後から来る」

「はあ？」

豊二郎は握りしめていた拳から、ふっと力を抜いた。

「瑠璃は俺たち男衆と別行動をしてて塒を空けてるんだ。でも今、錠さんと権さんが事の次第を伝えに行ってる。だから瑠璃は必ず、ここへやってくる」

蓮音の要求を無視したわけではないのだと、落ち着いた声で訴える。もちろん瑠璃が現れるというのは出鱈目《でたらめ》だ。京のどこかにいるならまだしも、地獄に行ってしまった頭領がここに間にあう見込みなど、まずもってないのだから。

「頼む、このとおりだ。まだ時間はかかるかもしれないけど、もう少しだけ待ってくれないか」

慎重に言葉を継ぎながら、豊二郎はさりげなく四方の気配を探る。

蓮音は裏朱雀の背に乗って島原まで飛んできたはずだが、辺りに妖鬼の醸《かも》し出す邪気は感じられなかった。妖鬼を操り続けるというのも術者にとっては負担であろうから、今は呪符の中に戻してあるのかもしれない。

ちらと蓮音の横を見やる。

――あの麗って子、よく見りゃ震えてるじゃねえか。

童女の面持ちを見る限り、参戦の意思はなさそうだ。

——裏朱雀なしの蓮音なら、俺たち三人だけでも十分に対処できる。

「時間はかかるかもって、どれくらいや。いつまでも待つつもりはないぇ」

「あと少し、せめて四半刻は待ってくれないか」

「嫌や！　そんならこの女を殺す」

「なあ蓮音……俺さ、ずっと気になってたんだ。お前は聞くところによると二十歳だそうじゃないか。俺と一つしか変わらねぇ」

「せやから何？　話をそらす気なら——」

「その若さで陰陽道を究めて、世のため人のために桃源郷を作るなんて、常人にゃとてもできっこねえ。きっと〝百瀬〟の血が、お前をそうさせたんだろうな」

つと、蓮音の目に正気が戻った。

弟ならどんな風に話すだろう。豊二郎は頭を回転させた。

「百瀬家は不遇の一族だった。お前や菊丸、蟠雪はその生き残り。あの有名な安倍晴明公の嫡流だってのに、お前らは世の中からずっと、謂われもねえ差別を受け続けてきたんだろ？」

「………」

予想どおり、百瀬という名は蓮音の乱心を解かせるに効果的だったらしい。太夫はめくり上げていた唇を引き結び、寸の間、目をつむった。

「百瀬の末裔――あてらの母《かか》さまは、京でいっとう綺麗な人やった」

ひまりに脇差を当てつつも、蓮音の表情はいくぶん平静を取り戻していた。

涙声で昔を回顧する様はさながら幼子のようだ。

「母さまは綺麗で、ホンマに優しかった。あてだけやない、菊丸兄さんも蟠雪兄さんも、母さまさえいてくれたら、他に何もいらへんかった」

「父親は？」

「さあ。誰かなんてわからへんし、知りたいとも思わへん」

「ってことはお前の母ちゃんも……その」

言いあぐねる豊二郎に対して蓮音は、

「鳥追《とりお》いよ。三味線を弾いて家々をまわる物乞い。体を売ることかて茶飯事やったけど、食べていくにはそうするしかなかったんや。没落した百瀬の女を気遣《きづか》ってくれるモンなんて、だあれもおらへんさかい。母さまはどこへ行っても唾を吐きかけられ、門前払いされて、ひもじい思いをしながら必死に生きてきた」

やがて産まれたのが三兄妹。長兄の菊丸、次兄の蟠雪、そして末っ子の蓮音だ。母親はその後も鳥追いを続け、春をひさぐことで子らを育てたという。

満足な食べ物にもありつけずみすぼらしい荒屋《あばらや》暮らしを強いられていた母子だが、しかし苦しい生活の中でも彼らは幸せだった。母は我が子のために生き、子らは、愛を与えてくれる母さえいればそれだけで十分だったのだ。

されど幸福な日々は突然に終わる。

「母さまは死んだ。客の男に殺されてね」

抑揚《よくよう》に欠けた声で言って、蓮音は虚空を見つめた。

蓮音がまだほんの四つだった年。母は、売春の相手に恋慕された。男は百瀬の名を疎まぬ稀有《けう》な人物であり、三兄妹ともども母子を受け入れようと嘯《うそぶ》いていたのだが、母は頑なに申し出を断った。男が秘めていた暴力性や、幼い末の娘を見る際の、下卑《げび》た眼差しを見抜いていたのである。いかなる甘言にも乗ってこない母に男は業を煮やし、とうとう彼女を包丁でめった刺しにして殺してしまった。事もあろうに、惨劇は子らの目の前で繰り広げられた。

下等な百瀬の分際で——そう吐き捨てて男は去ったという。残された兄妹は、変わり果てた母の亡骸を前に涙も出なかった。ただ絶望だけが彼らの胸を覆っていた。

母はなぜ殺されねばならなかったのだろう。なぜ優しい母が、世間から爪弾きにされようと恨み言の一つもこぼさなかった母が――否。

母は恨んでいたのだ。「陰陽師狩り」と称し、京に残った陰陽師を無慈悲に弾圧した者たちを。百瀬家を見捨てておきながら安穏と血脈を存続させ、後に陰陽師としての地位を取り戻した土御門家を。百瀬の末裔というだけで心ない言葉を投げつけ、忌避の目を向けてきた者たちを。

歴史を、差別を、母は恨み続けていたのだ。

「そう気づいた時、あてらは思わずにおれんかった。こない腐りきった世の中なんて、母さまを殺した醜い世なんて、何もかもなくなってまえ……ってね」

自嘲するように述べる蓮音の表情からは、やりきれなさが垣間見えた。

母親が真に世を恨んでいたかは今となっては誰にもわからないが、そう捉えるのもごく自然な成り行きであろう。母の死は、幼い子らの心に浮世への憎しみと諦観を植えつけたのだった。

身寄りを失った三兄妹は路頭に迷った。この時、十三になっていた長兄の菊丸は弟と妹を食わせるため陰間《かげま》、つまりは男娼に身をやつしたそうだ。鳥追いの母しか知らぬ兄妹は身を立てる方法を他に知らなかったのである。

年端もいかぬ童子でも、童子ゆえの需要がある。菊丸の客となるのは女犯《にょぼん》を禁じられた僧侶や若衆好みの性癖を持つ武士。男だけでなく肉欲を持てあます未亡人の相手をすることもあれば、時には旗本の屋敷にて媚薬である長命丸《ちょうめいがん》を無理やり飲まされ、奥女中たちに押さえつけられた状態で姫君の練習相手をさせられたこともあった。

菊丸は母譲りの美しい顔立ちをしていたために、客が望むとおり情欲を満たしてやればどうにか日銭を稼ぐことはできたという。しかし当然ながら、童子の心は徐々にすり減っていく。

「あんた、菊丸兄さんの頬にある傷を見た？」

「……そういや、縦二本の傷があったな」

「あれは客だった年増女にえぐられた爪痕や。兄さんがほんの少し歯を立ててもうたから言うて、あの色魔は兄さんのきれえな顔に一生残る傷をつけよった。思い出すだけでも腹が立つ」

してみれば、菊丸が異常に女嫌いであったことにも得心がいく。

「成長するにつれて傷痕は薄ぅなったけど、あの頃は医者に診せる銭なんてなかったさけ、傷が膿《う》んでひどい有り様やった……客は気味悪がって寄りつかへんし、今度は蟠雪兄さんとあてが稼ぎに出るしかなくってなァ。でも菊丸兄さんは絶対にあかんと言って許さなかった。考えてみれば当たり前や、その時のあてなんか、まだたったの六つやったんやもの」

　そうなると稼ぐ手段は一つしかない。三兄妹は日夜、京の寺社仏閣をまわって門前に座り、道行く者に物乞いをした。子らの姿を憐れんでいくばくかの銭を恵んでくれる者もいたにはいたが、大抵は鼻をつまんで足早に去るか、最初から見て見ぬふりをする者ばかり。己がいかに清廉で、どれだけ願いを叶えてもらうに値する者かを神に訴えに行くその道中で、人々は貧しさに喘ぐ幼子を無視したのである。

　三兄妹の心には暗闇が澱む一方だった。

　この世には救いも、慈悲すらもありはしないのだと――そんなどん底の日々に光を与えてくれたのが、誰あろう、蘆屋道満であった。

「道満さまは門前にうずくまるあてらを見て、優しく手を差し伸べてくださった。温かい部屋に着物、ほかほかの白飯を用意して〝もう大丈夫や〟と言うてくださった」

　嬉しかった、と語る蓮音の目に、豊二郎は光るものを見た。

「あない嬉しくて泣いたんはきっと、後にも先にもあの時だけよ。地獄に仏やなんて嘘っぱちやと思っとったから……」

「道満はお前らにとって、師匠である以上に育ての親だったんだな」

「そうかもね」

蓮音は小さく洟《はな》をすすって頷いた。

「道満さまはあてらに、ご自身が理想とする桃源郷の志を説いてくださった。争いもなければ差別もない、意地汚い人間が一人もおらへん世なんて、まさにあてらのためにあるようなもの。言われるまでもなくあてらは揃って道満さまに師事することを決めたわ」

かくして道満は幼い三兄妹に自己流の陰陽道を教えこみ、夢幻衆を結成させた。蓮音たちは安倍晴明、つまりは道満と同じ半妖を先祖に持つ。彼らが才能を開花させていったのも道理であったと言えるだろう。

桃源郷の夢を実現するには、道満が「不死」となること、なおかつ「母神」を用意することが不可欠だ。

成長した三兄妹は知恵を絞り、めいめい違う角度から不死を探究し始めた。菊丸は桃源郷のためならと女嫌いを押して交合のための道場を立ち上げ、医術の才があった蟠雪は不老ノ妙薬を調合すべく診療所を開いた。いずれも母神となるにふさわしい「陰陽の調和が取れた女」を作るためである。

一方で蓮音は、自らが母神にならんと決意して島原に身を売った。陰陽道において女は陰、男は陽。体内の陰陽を整えるには男と交わることが効果的であり、遊郭はこれ以上ないほど最適な修行の場と考えられたからだ。

「そこまでするなんて、あなたは——」

と、ひまりが遠慮がちに口を開いた。

「あなたはその道満という人を、慕っているのね。お師匠や育ての親というんじゃなくて、殿方として、その人を愛しているのね」

「えっ……」

恋心の機微に疎い豊二郎にしてみればとても信じられぬことだった。何せ道満は歳も歳だ。が、当の蓮音はやや哀しげにひまりを一瞥して、

「そうよ。あては心から道満さまを愛してる。道満さまもあての心と力を鑑《かんが》みて、母神の第一候補に据えてくださった。けれど道満さまとは……訳があってね、愛しあうことができひんまま今に至るんよ」

当然だと豊二郎は思った。

いかに長生きしていようとも、八百歳越えの老人が女子と睦みあうことなどできるはずがない。体を交えられぬ関係であったからこそ、蓮音の道満に対する愛情は重みを増していったのであろう。

——心がねじれていったのも、そのせいか。

そう得心した矢先、豊二郎の目の端に人影が二つよぎった。錠吉と権三がようやっとこの場に到着したのだ。

二人は隣の揚屋へと足音を殺しながら入っていく。ここまで来れば渡り廊下に辿り着くまで間もないだろう。

——うまくやってくれよ、二人とも……。

緊張を気取られぬようにしつつ、豊二郎は蓮音の声に耳を傾け続けた。

「ホンマは道満さま以外の男と寝るやなんて、反吐《へど》が出そうやった。実際、何度隠れて吐いたか数えきれへんくらい。でも道満さまのため、母神になるため耐えてきたの。母神となるからには子を産めな話にならへん。せやから試しに御簾紙《みすがみ》なしで、客と交わってみたりもした」

遊女は避妊のため膣《ちつ》内に御簾紙と呼ばれる紙を忍ばせておくのが定石である。その御簾紙を、蓮音はあえて使わなかったという。

結果として彼女は懐妊。自分の体が支障なく子を宿せると確認できた蓮音は密かに安堵した。

「そっか、ややを身籠《みごも》ったってのは本当だったんだな。動機はどうあれ子を授かるのはめでたいことだ」

でも、と豊二郎は語勢を弱めた。

「ややは産まれてすぐ、死んじまったんだろ？」

「……………」

「そりゃ最初は試しに過ぎなかったかもしれねえが、実際に腹の中でややが育ってくのを感じてりゃ愛情も芽生えたろう。なのに死んじまった。蓮音、お前のことは敵だとしか思えねえが、ややのことだけは……気の毒に思うよ」

「あては、あのやや、は」

豊二郎の言に胸打たれたのだろうか、蓮音は顔を俯ける。唇を震わせ、押し黙る様からは動揺が窺えた。

しかしながらそれは、亡き我が子を思うからではなかった。

「気の毒やて？」

豊二郎は凍りつく。

蓮音の顔には、見るにおぞましい笑みが広がっていた。

直後、渡り廊下を駆けてきた錠吉と権三が蓮音を背後から攻めこんだ。体を素早く羽交い締めにし、脇差を取り上げんとする。だが蓮音は不気味な笑みを貼りつけたま
ま、なぜだか抵抗の素振りすら見せなかった。

カチ。カチ。上下の歯が打ち鳴らされる。

突如として響く、鋭い鳥の鳴き声。

「馬鹿な……」

どこからともなく姿を現した裏朱雀が、錠吉と権三に襲いかかったのだ。

山姥の妖、露葉を核とする裏朱雀——露葉の背からは黒々とした翼が、腰からは尾羽が生えている。翼も尾羽も大量の鬼の腕が折り重なってできたもの。蓮音が術を施したのだろう、宇治橋で負った傷はすでにふさがっていた。

この妖鬼は蓮音の召喚に応え、蓮音の命に必ず従う。とはいえ、

——召喚する隙なんて少しもなかったのに、どこから現れた？　もしかして、最初から、そこにいたのか……？

蓮音は裏朱雀を引っこめていたのではない。

幻術によって姿と気配を隠し、屋上座敷に待機させていたのであった。

地上で豊二郎が為す術なくうろたえる中、裏朱雀は漆黒の翼を錠吉と権三に叩きつける。翼——黒い鬼の腕が二人を鷲《わし》づかみにする。

かと思いきや、屋上座敷から勢いのまま二人の体を放り投げてしまった。

「錠さん、権さん——」

あの高さから落ちれば命はあるまい。豊二郎はすぐさま懐から黒扇子を取り出す。口早に経文を唱える。たちまちにして発現した鎖が網目をなしていき、錠吉と権三の体を空中で受け止める。

されど栄二郎なしで万全な結界を張ることは叶わない。鎖の網は二人ぶんの重みに耐えかね、そのうち空中で砕けてしまった。

「錠、法具で衝撃を和らげろっ」

風を切るように落ちていく体。衝突の寸前に錠吉と権三は腰をひねる。錫杖《しゃくじょう》と金剛杵《こんごうしょ》を地面にかざす。

地に突き刺さる法具。次いで二人の体は激しく地に転がった。

鎖の網と法具で少しずつ衝撃を緩和した甲斐《かい》あり、辛くも一命は取り留められた。だが生身を地に叩きつけられた衝撃は半端なものではない。

錠吉と権三は血を吐き、起き上がることさえできないでいた。

「あははっ、ざまあないわえ！」

哄笑《こうしょう》が屋上座敷から降り注ぐ。豊二郎は頭上へ視線を走らせる。

ますます青ざめるひまりへ脇差を向け、高笑いする蓮音。その背後には裏朱雀が翼をはためかせながら控えている。

「めでたいんはおたくらのオツムやえ。なァあんた、よう考えてみぃや。健康に産まれてきたややが、自然に死んでもうたとでも？」

冷や水を浴びせられたようだった。

「まさかお前、自分の子を……？」

「しゃあないやん。どっちみち島原で働くにも夢幻衆として務めを果たすんにも邪魔やったんやから。ややの命なんて脆いモンよ？　帯で鼻と口を押さえたらあっちゅう間やった」

試しはあくまでも試し。

蓮音にとって産まれた後の赤子などどうでもよかったのだ。

「あんたと同じで皆して〝可哀相なやや〟、〝お気の毒に〟って気遣ってきたけど、いい加減うるさァてうんざりしたわ。あのややはいらん子。道満さま以外の子種なんて、考えるだけでも気持ち悪いゆうんに」

そう思わないこと？　と、蓮音は小首を傾げてみせる。

「まったく、誰も彼もあてが幸せな女やと信じて疑っとらんかった。太夫として菩薩みたァに崇められて、ようさん男どもから愛されて金子《おあし》を手に入れてって……そないな勘違いは今頃、あの世で改めとるんかしらね。ホンマええ気味やわ」

道満のためと自らに言い聞かせて数多の男と交わってきた蓮音であったが、心の底では島原という土地、何より母を死に追いやった売春業を嫌悪していたのに違いない。ゆえに彼女は、島原に火を放った。

子殺しに、火付け。

人はこれほどまで残酷になれるのだろうか――言葉を失う豊二郎をよそに、蓮音は爪を噛み、ぶつぶつと独り言を垂れ流していた。

またしても危険な兆候だ。

「適当なこと言いよってからに、何が〝幸せ〟なものか。力もない凡人どもがあての何を知っとるっちゅうねん。これまで母神になるため必死こいて修行に励んできたゆうんに、何で、どうして今になって……」

突然、ぎろ、と血走った目が地上に向けられた。

「おいこら、何ぼうっと見とんねん。お前らの頭領はまだ来ぉへんのか？」

口調が棘《とげ》を増していく。太夫のしとやかさなど今や見る影もない。

「ああせやった、そこに転がっとる二人が呼びに行くて言うてたなあ。それなんに島原におるゆうことは……お前、あてに嘘をついたな？」

豊二郎は息を詰める。作戦が失敗してしまった以上、嘘を重ねることはできない。

――頼む、頼む！　一生のお願いだ。

ひりつく空気の中、豊二郎は気づけば心の中で頭領の名を呼んでいた。されど彼女がここに現れることはない。

一方で蓮音はさも可笑《おか》しそうに声を揺らす。顔いっぱいに笑みを広げる。

「そぉかそぉか、嘘やったんやなァ。知っとるか？　嘘つきは地獄で閻魔さまに舌を引っこ抜かれるんやで？　でもあては、もっと素敵な罰を与えたる」

言うなり手に持つ脇差を振りかぶる。

「きゃ……」

ぎらりと光る脇差。戦慄する豊二郎。地上にいたのでは間にあわない。

「ひまり――」

止める間もなく切っ先が、ひまりの腹に向かって振り下ろされた。

「せやさけホンマは、ここに一緒におってほしい。お前を離したくなんかない。けどそれはやっぱ、無理なお願いなんかな……」

黄泉の帰り道。

後ろ髪を引く声に、瑠璃がつ――と視線を滑らせた時だ。

「振り向いてはなりませぬ」

前触れもなく聞こえた別の声が、瑠璃を正気に戻した。

「振り向けばそこでお終い。現世に戻れなくなりましょう」

いつの間にか前方に、見知らぬ女が立っていた。

重厚な唐衣裳《からぎぬも》は淡い紅色や蘇芳色《すおういろ》が織り成す「紅梅匂《こうばいのにおい》」の色目に襲《かさ》ねられ、その麗《うるわ》しさたるや、花魁もかくやと思われるほど。しかし檜扇《ひおうぎ》に隠されているために、上品な富士額が見えるだけで女の顔立ちはわからなかった。

「そなたを呼び留めるその声は、そなたが知る者の声にあらず。すべて生者を現世に帰すまい、地獄に引きずりこまんとする、悪しき亡者の声にございます」

つまり後ろにいるのは忠以ではない、ということか。

「亡者はそなたが何に心つかまれ、何と言えばそなたを引き留められるか知っているのです。どれほど甘い言葉をささやかれようとも、耳を貸してはなりませぬ」

それを聞くや瑠璃の全身から力が抜けた。

――まさか、偽者の声だったなんて……。

背後からの声は、いつしか聞こえなくなっていた。もしこの者に止められなかったら自分はきっとあのまま振り向いていただろう。想像するだけで寒気がした。

「……あなたは？」

黄泉国にいるからにはこの女も亡者に違いないだろうが、彼女からは悪意や寒気を感じることがなかった。

対する女はしばしの間を置き、

「我が名は梨花。平安の世に生き、平安の世に死した者にございます」

と、霞《かすみ》がかった声で答えた。

——平安の世……篁卿や道満と同じ時代のお人か。

「お声がけいただき助かりました。ですが、どうして」

「そなたに忠告を、かつ頼みごとをしたく馳せ参じますれば。そなたの魂からそこはかとなく、道満の気配が感じられたものですから」

「道満——蘆屋道満と面識があるのですね？」

口早に尋ねれば、梨花はゆっくりと首を縦に振った。

「道満は、生にしがみついている。そなたはその逆。死に取り憑かれている。ゆえに引きあい、ゆえに反発しあう定め」

小野篁と同じく平安びとの真意というのはどうにもつかみづらい。ともあれ、おそらくは今のが彼女の言う「忠告」なのだろう。

「お聞きしますが、もしやあなたは、道満と深い仲にあったのですか」

「男女の仲か、という意味なれば答えは否。さりとて道満のことはよく存じております。黄泉に参り数百年が経った今もなお、忘れられぬほどに」

言うと梨花は檜扇を下ろす。

隠された面立ちがあらわになった途端、

「その、お顔は……」

瑠璃は声を詰まらせた。

梨花の顔面からは肉が腐り落ち、眼球もどろどろと、無残なまでに溶けていた。頭皮からずり落ちていく髪の毛。よく見れば袖からのぞく細い手首もちぎれかけているではないか。美しい唐衣裳に包まれていたのは、もはや人間かどうかもわからぬ恐ろしい屍《しかばね》であった。

「かくも醜き姿に成り果てたるは道満の傲慢さゆえ。人の生死を思いどおりにできるなどと、神をも畏《おそ》れぬ所業にございましょう。我が夫は常々こう申しておりました。〝陰陽師たる者、死した命を取り返そうとしてはならぬ〟と……。道満は生者でも亡者でもない我が存在を生み、我が魂は、二度死にました。なれど誤解なきように。わたくしは決して、道満を恨んでいるわけではございませぬ」

頼みがある――梨花は改めてそう告げた。

「願わくは道満を、あるべき道へ。人として死に向きあい、人として死ねる道へと、戻してやってほしいのです。どうか、どうか……」

か細い哀願を残して梨花の姿は闇に消えていく。

次の瞬間、道がぐらぐらと揺れだした。

立つことさえままならぬ衝撃に瑠璃は片膝をつく。

「一体、何が――」

縦横に激しく揺れ続ける一本道。天井が脆くも崩れてくる。かと思いきや道を照らしていた蠟燭の炎が、ふっと掻き消えてしまった。

狼狽《ろうばい》する頭によぎったのは、篁とのやり取りだ。

――汝は生者ゆえに本来、地獄にいてはならぬ存在。よって魂が保つのはせいぜい二日ないし三日と心得よ。

――もし、その時限を超えてしまったら……？

――汝の魂は永劫、地獄に留まり続けるであろう。

現世に帰ることは、二度と叶わない――。

見る見る血の気が引いていく。時の流れがわからないでいる間に、篁の言う時限が迫っていたのだ。

揺れは止まった。瑠璃は急いで立ち上がる。ここは単純な一本道なのだから、手探りで壁を伝っていけば灯りがなくとも出口に辿り着けるはず。

そう、思ったのだが。

「そんな。壁が、なくなってる……？」

手を伸ばせども、つい先ほどまでそこにあった壁に触れることができないのだ。焦燥に駆られるがまま闇雲に辺りを探る。それでも指先には何も当たらなかった。

今や周囲は黒一色で塗り潰されたかのように真っ暗で、己の手すら目視することができない。これでは出口がどこにあるのか、どの方角に行けばよいかもわからない。

「嘘だ。せっかく出られるはずだったのに、こんな、こんなところで」

呆然としたつぶやきは、誰にも届かない。亡者すらも聞いてはくれない。

灯りもなく、どこまで続いているかも知れぬ空間に、自分はひとり取り残されてしまったのだ。ここにあるのは――ただ、虚無だけ。

そう悟った瑠璃は膝から崩れ落ちた。

たとえ苦痛を伴うとしても、地獄には「救い」が用意されていた。

だがここはどうだ。

——ああ、栄二郎。わっちはもう、お前さんに会えないのか。

黄泉の中にあってこの空間は地獄にも極楽にも属さない。地獄の官吏もここまで助けに来てくれることはないだろう。

圧倒的な孤独。そして絶望が襲う。

——ここでわっちは、ずっと独りで……。

もう少し、あと少しだったのに、無情にも道は閉ざされた。

「うあああああっ！」

声が嗄れるまで叫べども、足が腐るまで走れども独り。

この常闇《とこやみ》で、独り、ただ独り、永遠に——。


蓮音の凶刃が光ったその時、止めに入ったのは意外な人物であった。

「もうやめとくれやす、蓮音さまっ」

麗は蓮音の腕にしがみつく。暴れる腕から脇差を取り上げようとする。しかし箍《たが》が外れた相手にはかなわなかった。

「このチビ、あてに歯向かいよって……」

乱暴に腕を振りほどく蓮音。対する麗は体勢を崩し、屋上座敷の縁に倒れこむ。それを見るや否や、

「飼い主に嚙みつく犬にはお仕置きや」

蓮音は片手で手刀を作り、呪《しゅ》をつぶやきながら麗に向ける。

直後、麗の口から悲痛な叫び声が上がった。まるで目に見えぬ炎に焼かれているかのごとく身をよじり、頭を抱える。

苦しげな声に辛抱ならず、ひまりが上半身を倒して麗に覆い被さった。

「やめて、こんな小さい子に何を――」

「やかましい！　そこを動くな。お前らもや、動けばこのガキと女を殺したる」

蓮音はギッと地上を睨みつける。隣の揚屋から屋上座敷へ向かおうとしていた豊二郎は、足を止めるより他になかった。錠吉と権三も落下の衝撃からどうにか起き上がってはいたものの、蓮音の漂わす殺気を感じ取っては動くに動けない。

と、蓮音は不意に手刀を解いた。

「あーあ。麗、とうとうあてを裏切ったね。お前が機会さえあれば夢幻衆を抜けようとしてたんは知っとったけど、こないな形で盾突いてくるとはねェ。従順な犬であり続ければ宝来の命は奪わない。そう約束したったんに、恩を仇《あだ》で返すとは」

呪術から解放されてもなお痛みが残っているのだろう、麗は屋上座敷の縁に倒れたまま喘ぐ。

「恩……あんなの、ただの脅しやないですか」

「誰が喋ってええ言うた？」

唾棄すると蓮音はまたも手刀を構える。麗の悲鳴が響き渡る。

「もうよせ、死んでしまう！」

そう叫んだのは権三だ。彼は少しだが麗と直に言葉を交わしたことがある。同じ歳で死んだ娘、咲良《さくら》と麗とを重ねて見ていたことだろう。麗を夢幻衆の手から救ってやりたいと思う気持ちは、瑠璃に次いで強い。

しかし蓮音は権三の言葉を笑い飛ばした。

「死んでしまう？　何それ、ええやん死ねば。こない目障りなガキなんか死んで当然なんよ。汚らわしい鬼の血を宿していながら道満さまの庇護を受けるやなんて、何様や？　なァ麗？」

再び術が解かれた。が、麗は反論の声を上げることすらできない。そんな童女を冷徹に見下ろしながら、蓮音は恨み言を連ねた。

三年前、母神となるべく研鑽《けんさん》を積む蓮音の前に邪魔者が現れた。それが麗。道満は彼女を決して傷つけるなと蓮音たちに釘を刺していたそうだ。半人半鬼である麗は常人とは異なる力を秘めているため、裏四神を操る一翼として引き入れることには頷けよう。とはいえ道満は、なぜそれほどまで麗の身を慮《おもんぱか》るのか。蓮音にはわかっていた。道満が麗を、母神のいち候補として目にかけているのだと。

自分という第一候補がありながら、鬼の血を引く忌まわしい童女が別の候補になるとは何事か――屈辱に臍《ほぞ》を噛む蓮音の前に、その後、新たな邪魔者が現れる。

黒雲が頭領、瑠璃である。

「瑠璃……あの女は道満さまが求める母神の条件をすべて満たしとった。人でありながら龍神の生まれ変わりやなんて、そないなズルが許されるんっ？」

「筋違いなことを。瑠璃さんは母神になりたいわけじゃ――」

「それだけやない。ひと目見た時、あてはわかってもうたんや。瑠璃が、片腕しかあらへんあの女が、道満さまのお心までをも惹《ひ》きつけとるんやって」

蓮音は悩んだ。いくら修行で道満の理想に近づいたといえども、陰陽の調和が完璧に取れた瑠璃には逆立ちをしてもかなわない。道満のため、桃源郷のためを思うなら自分は潔《いさぎよ》く身を引くべきなのだ。そう理解するのとは裏腹に、心はどうしても現実を受け入れられなかった。

「嫌よ、嫌、嫌！　あてこそが道満さまの妻にふさわしいの。だって道満さまもあてを愛してくれてはるんやから。それやのに、あて以外の女が道満さまの横に収まるなんて、どうして耐えられるっていうん。どいつもこいつも邪魔ばっかり、どいつもこいつも、あてと道満さまを引き裂こうとしよってからにッ」

身を引かねばならないと思う心。嫉妬に燃える心——二つの狭間で長らく葛藤するうち、蓮音の心はついに乖離《かいり》し、おかしくなってしまったのだろう。

怒声を荒らげていたかと思うと、ひとり合点がいったように蓮音は頷く。

「うん、そうや。麗のガキはともかく瑠璃……あの女だけは、絶対に生かしておけへんよなァ」

穏やかならぬ言に錠吉は顔を曇らせた。

「血迷ったか？　お前に瑠璃さんを殺すことはできないはずだ。あの人を桃源郷の母神に据えるのが道満の望みなら、なおさら」

「あの女を母神にはさせへん。あてが絶対ゆうたら絶対や」

ニイ、と蓮音は口の片端で笑った。

「瑠璃には裏朱雀との戦いで死ぬか、せめて再起不能になってもらうんよ」

「何だと――」

瑠璃が子を産めぬ体になれば道満も諦めるしかなくなる。そうなれば以前のように彼は、自分だけを見てくれるに違いない。蓮音はそう考えたらしい。

ところが瑠璃はひまりや男衆が窮地に至っても一向に現れる気配がなかった。太夫の思惑は外れたのだ。

狂気はもはや誰にも止められなくなっていた。

「どこにおるんや瑠璃！　あてを虚仮《こけ》にしくさって、忌々しい女め！　姿を見せへんのならこの女を殺したるわ。ついでに麗、あんたもな」

やめろと訴える男衆の声を聞き入れることなく、蓮音は脇差を握り直す。うずくまる麗、動けないひまりへと目を据える。

だが突然に脇差を取り落としたかと思いきや、

「駄目、あかんわ。やっぱり刺し殺すだけやなんてつまらへん」

そう言って男衆へと視線を流す。

「元はと言えば、瑠璃を連れて来ぉへんかったお前らが悪い。お前らにもたっぷり地獄を見てもらわな割に合わへん……自分らの無力に打ちひしがれるとええわ」

裏朱雀に呼びかける。蓮音の命を受けた裏朱雀はバサリと翼をはためかせ、鬼の腕で麗とひまりをつかんだ。

夕闇に空高く舞い上がる裏朱雀。麗とひまりの体が宙にぶら下がる。

「あそこから落とすつもりか——」

豊二郎は直ちに経文を諳《そら》んじる。しかし、同時に悟ってもいた。

たとえ網を作って受け止めようとも、先ほどのように空中で壊れてしまうのは目に見えている。手練れである錠吉と権三は受け身の姿勢を取れたが、麗とひまりでは無理だ。何よりあれほど上から落とされたのでは——。

ぱっ、と鬼の腕が二人を離した。

真っ逆さまに落下していく体。時を同じくして鎖の網が空中に出現する。二人の体を受け止める。だが案の定、重みに耐えかねて砕け散った。

豊二郎はそれでも経文を唱え続ける。助ける方法はこれしかないのだ。上から下へと、次々に織り成されていく鎖の網。

——止まってくれ。死なせるわけにはいかないんだ。後生だから……。

されど願いも空しく、鎖は二人を受け止めたところですぐに砕けてしまう。次の網、さらに次の網も形を留めきることができない。あまりに高くから落とされたせいで重さがいっそう増しているのだ。

瞬く間に地上へと落ちてくる二人の体。錠吉と権三が落下点に駆け寄って両腕を広げる。が、仮に受け止めたとしても衝突の激しさは想像するまでもない。

四人そろってあの世に行くことは確実だ。

「お願いだ！　止まってくれ！」

ひまりが死んでしまう。まだ見ぬ腹の赤子もろとも。

同志である錠吉も、権三も。

妻を庇おうとしてくれた麗も、全員——。

豊二郎の心に最悪の結末がよぎった、その時。

「待たせたな、皆」

落下する麗とひまりに向かって高速で飛ぶ影が一つ。

豊二郎はその残像に、龍を見た気がした。耳に聞いたのは待ち焦がれていた声——

黒雲頭領、瑠璃の声であった。

七

巨大化した黒蛇が地を滑る。上空に向かって伸び上がる。その背に乗った瑠璃はありったけの力で左腕を伸ばす。

がし、と空中でひまりの体を抱き留める瑠璃。大蛇となった飛雷は口で麗の着物をくわえる。素早く体躯《たいく》をくねらせ方向転換すると、地上を目指し収縮していく。

「頭――」

地上に降り立った瑠璃はひまりの体を横たえた。すかさず豊二郎が駆け寄る。だが呼びかけてもひまりは目をつむったまま応えない。麗も同様であった。

「気絶しちまったか。あんな高さから落とされたんだ、無理もないだろう」

と、瑠璃は視線を感じて顔を上げた。

男衆が一様にもの問いたげな眼差しでこちらを見ていた。

地獄から無事に戻ってこられたのか。一体、向こうで何が起きていたのか。どうしてこの場に間にあったのか――それらを問いたくとも何から口にしてよいものか、いたく当惑している様子が伝わってきた。

「……地獄の話はまた後だ。ともあれ見てのとおり、わっちの魂は肉体に戻った。まあ驚いたね、まさか目が覚めたら大蛇の腹の中だなんて、これっぽっちも想像してなかったからさ」

微妙な面持ちでちらと黒蛇を見やれば、「何じゃその目は」とつっけんどんな声が返ってきた。

現世に帰還した瑠璃はひまりがさらわれたこと、錠吉と権三、豊二郎が彼女を取り返すべく島原へ急行したことを飛雷から聞かされた。かくして休む間もなく塒を飛び出し、危機一髪のところで島原に到着したのだった。

夕刻の空はいつの間にやら日が完全に落ち、紺碧《こんぺき》の色が広がっていた。変わり果てた島原を照らすのは三日月の朧げな光である。

「飛雷。刀になれ」

蛇から変化《へんげ》した黒刀の柄《つか》を、確かめるようにぐっ、と握りしめる。

――わっちは、生きている。

もっと言えば、生まれ変わったかのような気分だった。

肉体の鮮やかな感覚。息を吸いこめば凜冽《りんれつ》とした空気が肺に満ちる。体中に広がる脈動が、瑠璃にありありと「生」を実感させた。

「とにもかくにも、ご無事で何よりです……頭」

深い慨嘆を漏らす錠吉。瑠璃は三人の男衆を順々に見つめ、力強く首肯した。

「皆、よく持ち堪《こた》えてくれたな。わっちが来たからにはもう心配いらねえ——と格好つけてみたいところだが、そういうわけにもいかなそうだ」

「来たね瑠璃！　やっと来た！」

女の狂喜する声が頭上から聞こえた。

「てっきり男どもを見捨てて京から逃げ出したんかと思うたえ？」

見開いた一重《ひとえ》まぶたの奥に光る、瞳孔《どうこう》の開いた黒目。興奮に吊り上がった口角。

「蓮音……少し見ないうちにずいぶんと人相が変わったな。そこの屋上座敷でお前と喧嘩した時は、性分はさておき綺麗な女だと思ったモンだが」

かつて島原一とまで謳《うた》われた太夫の変貌ぶりには、さすがの瑠璃も残念という思いを禁じ得なかった。

——あの顔つき、流獄の亡者を思い出すな。

穏便な話しあいなど望むべくもなかろう。

——こいつはかなり、手強《てごわ》いな……。

続けて視線を上空へと転じる。月明かりに浮かび上がる妖鬼——裏朱雀の輪郭が、瑠璃の眉を曇らせた。

前に宇治橋で対峙した時の傷が治っているとはいえ、露葉の顔は、以前に増して青白い。落ち窪んだ眼《まなこ》。生気を失った肌に浮かぶ、黒いまだら模様。極限まで鬼の怨念に呑まれ、意識を失っているのは一目瞭然だ。命の灯《ともしび》が、消えようとしている。術者の心情と呼応する仕組みなのだろうか、蓮音が殺気を垂れ流すごとに裏朱雀のまとう邪気も濃密になっていくようだった。

「豊、ひまりと麗を安全な場所へ。お前もそこに留まって二人を守れ」

瑠璃の指示を受けた豊二郎は悔しげに歯噛みした。さりとて栄二郎がいない今、豊二郎ひとりで張る結界が不安定であることは本人も認めざるを得ない。

「……わかった。でも一人ずつに球状の結界を張っておく。気休め程度にしかならないだろうが、何もないよかいいだろ」

瑠璃は頷き、錠吉と権三に視線をやった。

二人はすでに怪我を負っている。胸元には吐血の跡。自分のいない間に何が起きたか知る由もなかったが、二人が本調子でないことだけは察することができた。

「錠さん、権さん、今回は悪いけど──」

「戦いますとも。いつものようにね」

こちらの言葉を封じるや、権三は太い眉を引きしめる。隣の錠吉も大きく息を吐き出し、戦意を新たにしていた。

「そうか。本音を言うと助かるよ。ちょいと不確実なことがあるからな……。それじゃあ三人と数は少ないが、やるとしようか。あの屋上座敷から高みの見物を決めこんでやがる蓮音に、目にもの見せてやろう」

そう述べる頭領に対し、錠吉と権三は「応《おう》」と声を張った。

瞬間、裏朱雀が月に向かって鳴いた。異形の体から火焔《かえん》が迸る。

瑠璃と錠吉、権三は一斉に駆けだした。まずはひまりと麗の避難が済むまで巻き添えを食わせぬよう、露台から距離を置かねばなるまい。上空より三人を追う裏朱雀。

喚声《かんせい》がびりびりと鼓膜を揺さぶる。

──何て声だ……でも微かに、露葉の気配が残ってる。

消し炭の散らばる道を駆けながら、瑠璃の心にはひと筋の希望が差していた。すでに露葉の自我が鬼の怨念に呑まれきっているのではと危惧していたのだが、わずかなりとも自我が残っているならば、

――まだ間にあう。救い出すことは、きっとできる。

もっともそれは、露葉を斬らずに鬼の怨念だけを斬るという「斬り分け」ができればの話だが――。

「危ない、炎が飛んでくるっ」

権三の声。瑠璃は首を巡らせて上空を見る。

裏朱雀のまとう火焔が、一つ、また一つと小さなつぶての形をなしていくところであった。

漆黒の翼がひらめくや否や、火焔でできた三弾のつぶては目にも留まらぬ速さで瑠璃に迫った。

地を蹴る瑠璃。足元への一弾をかわす。斜め後方へ宙返りすると同時に二弾目が地面をえぐった。どうやらつぶては熱だけでなく破壊力も並でないらしい。さらに瑠璃は妓楼の瓦礫《がれき》上を転がる。三弾目のつぶては瑠璃の体を覆う半透明の球――豊二郎が張った結界によって、わずかに軌道がそれた。

「ちっ……もう熱いのは懲《こ》り懲《ご》りだってのに」

立ち上がった途端、畳みかけるように次のつぶてが飛んでくる。今度は十連弾。燃えるつぶては錠吉と権三にも襲いかかった。

「直撃すりゃ豊の結界でも防ぎきれない。とにかく食らうな二人とも、体に穴が開くだけじゃ済まねえぞっ」

錠吉は駆けつつ錫杖を回転させる。つぶてを速やかに弾く。権三はその場に立ち止まる。向かい来るつぶてを見定めると、豪快に金剛杵を振るう。

法具に弾き返されたつぶては軌道もそのままに裏朱雀へ向かい飛んでいった。

「よし、当たる――」

しかし反撃できたと思ったのも束の間、裏朱雀は次なる一撃を放った。二つのつぶてが空中で衝突し、火の粉となって散っていく。

次から次へと放たれる炎のつぶてに瑠璃たち三人は閉口した。あのつぶては際限なく降ってくるのだろうか。これでは作戦を立てる余裕はおろか、三人で呼吸をあわせる間すら確保できない。

襲い来るつぶて。瑠璃たちは焼け跡の上を跳びまわり回避する。武器で弾く。瓦礫の陰に転がりこんでしのぐ。

三者三様に攻撃を避けるさなか、

――蓮音の奴、何で裏朱雀を地上に降ろさないんだ……？

瑠璃は不審に思い始めていた。

宇治橋の戦いでは執拗なほど裏朱雀を下降させ、自分たちと正面衝突させていたのに、今回はやり口を変えたのだろうか。とはいえ蓮音の目標は何をおいても「一切経の破壊」に尽きるはずだ。それには瑠璃が飛雷を振るうことが必須であり、裏朱雀と瑠璃を接触させなければ話にならない。

にもかかわらず、なぜか裏朱雀はまったくもって地上に降りてくる素振りを見せなかった。

瑠璃は瓦礫の上を後転しつつ露台を見やり、耳を澄ませてみる。すると蓮音のがなる声が離れていても聞き取れた。

「ちゃんと当てや裏朱雀！　炎のつぶてで蜂の巣にしてまえ！」

――ああ、そういうことか……。

「どうやら蓮音は、お前を本気で殺すつもりらしいの」

黒刀の内から飛雷が呆れたようにつぶやく。

「あの声色は、嫉妬に狂う女のものよ」

「嫉妬？　蓮音がわっちに？」

前方からのつぶてを弾き返しながら、瑠璃は眉根を寄せた。

「お前は道満からの寵愛《ちょうあい》を受けるべき母神としてみなされておる。それが蓮音には面白くないのじゃろうて」

「そんなの知ったこっちゃねえってんだよ——おい飛雷、頼むからもう寵愛だなんて気味の悪いことを言わないでくれ。二度と」

こちらとしては道満の妻となるなぞ願い下げなのだから——裏朱雀の熱波に汗ばむ反面、瑠璃は「寵愛」の響きに鳥肌が立つのを抑えられなかった。

つまり蓮音は母神の座を横取りされた怒りに呑まれ、一切経の破壊という本来の目的まで見失っているということだ。こうなると厄介なこと極まりない。

錠吉と権三に目を配る。二人はどうにかつぶての攻撃をそらしているものの、いかんせん負傷しているために動きがいつもより鈍い。致命傷こそ受けていないが着物はぼろぼろに焼け、体の至るところに火傷《やけど》を負っている。

「くそ——ッ」

炎のつぶてが頬を掠める。肌がじりじりと焼ける感覚。同じく瑠璃もいくつかのつぶてを避けきれず、すでに白い肌のあちこちが赤く爛れていた。

敵が上空から降りてこないのでは、対処する手立てはなきに等しい。裏朱雀の体力が尽きることも期待できないだろう。飛雷に大蛇となってもらえば空の敵にも近づけようが、そうなると刀での攻撃は不可能だ。

「……いつまでも、逃げまわってばかりいられないな」

と、権三が錠吉に目配せする。

「ああ。向こうが空から攻撃してくるなら、こっちも飛び道具で応じるまで」

二人は懐から輪宝《りんぽう》を取り出した。

狙いを定め、錠吉が輪宝を投げる。対する裏朱雀はひらりと空中で一回転する。いとも簡単に法具をよけてみせる。その動きを読み今度は権三が仕掛ける。

彼の投擲《とうてき》した輪宝は不意を突かれた裏朱雀の、左翼に当たるかと思われた。が、

「翼を畳めっ」

蓮音の怒鳴り声を聞くや裏朱雀はさっと翼を仕舞い、急降下する。輪宝の攻撃をよけきると再度羽ばたき、空へと上昇していく。

――あの女が遠くから指示してる限り、不意打ちは難しいか。

何事もなかったかのようにつぶてを発生させる裏朱雀。またしても防戦一方だ。

権三と錠吉も口惜しげにうなった。

「双子の矢なら隙を作れるかもしれないのに……」

「いや、先の戦いで矢は熱波に焼き落とされていた。栄二郎がいたところでやはり同じだろう」

とその時、裏朱雀がひときわ甲高い声で鳴いた。たちどころに火焔が激しさを増していく。炎のつぶてがより大量に生まれていく。

――まずい――。

あれが一気に落ちてくるならば、よけきれる見込みはない。

瑠璃は声を張り上げた。

「二人とも、走れっ。わっちのそばへ!」

それと同時に目をつむる。左手を胸に添える。意識を己の内側へと集中させる。

――思い出せ、地獄の感覚を。

ドン、と裏朱雀の体からさらなる火焔が爆ぜた。噴火する山のごとく、炎があられとなって容赦なく地上に降り注ぐ。

――思い出すんだ。龍神の、本当の力を……。

感じるのは錠吉と権三がこちらへ駆けてくる気配。肌を焼く熱波。そして己の内側に眠る、強大で青い、龍神の感覚――。

「……これだ」

まぶたを開いた瞬間、瑠璃の体から強烈な風が巻き起こった。

青く吹き荒れ、渦をなし、四方七間を囲っていく。すんでのところで内側に飛びこんできた錠吉と権三は目を瞠った。

「この、風は」

三人を囲う青の旋風は半球状に収まっていく。降り注ぐ炎のあられ。しかし絶え間なく回転し続ける風に弾かれ、炎はあえなく掻き消される。

「瑠璃……お前、蒼流の力を開眼させたのか」

飛雷の声に、瑠璃は「ああ」と頷いてみせた。

「地獄まで行った甲斐あってな。だがどうも、長くは維持できないみたいだ……」

不意にズキン、と鋭い痛みが胸を襲った。まるで見えない針を撃ちこまれたかのようだ。咳きこめば血の味がじんわりと口腔に広がる。呼吸が荒く、細切《こまぎ》れになっていく。この異変に気づいたのだろう、錠吉が声を上げた。

「炎のあられはやみました、もう風を止めてください頭っ」

「……」

地獄では魂のみの状態であったため気づかなかったのだが、蒼流の力を発揮するにはいくばくか「対価」を要するらしい。長く使い続ければそれだけ肉体に大きな負荷がかかってしまうのだ。

――龍神の力を扱うってのは、そう易しいモンじゃないか。

とはいえ瑠璃は確信を得ていた——地獄で覚醒させた力は、現世でも、すなわちこの肉体でも扱うことができるのだと。

青の風は念じるとともに消えていった。体力的に今の風を発生させられるのはあと一、二回といったところか。なるべく早く決着をつけなければ。見れば裏朱雀はまたも赤々とした火焰を放出させている。程なく炎のあられが降ってくるだろう。

瑠璃はぐいと口元を手の甲でぬぐい、

「錠さん、権さん。試したいことがあるんだ。少し下がっててくれ」

言うが早いか今度は抑え気味に風を発生させる。青の風は渦巻きながら、徐々に黒刀の刃を覆っていく。

鳥の地鳴きが響いたかと思うと、裏朱雀の体から再び火焰が噴出した。地上に向かって降り注ぐあられの数々。

——成功してくれ……いや、成功させるんだ。露葉のために。

瑠璃は上空を睨み据える。

その場で足を踏みしめ、渾身の力で黒刀を振り抜く。

果たして黒刀から繰り出された斬撃——青く光る太刀筋は、凄まじい速さで宙を滑る。大気を斬り裂く。炎のあられを一挙に掻き消す。

速度を落とさぬまま、裏朱雀をめがけ突き進む。

「ギャアアッ」

風が裏朱雀を包みこんだ。無数の刃となって異形を切り刻む。翼をなす鬼の腕が一本、また一本と落ちていく。空中で身悶えする裏朱雀。羽ばたけども青の風を押し返すことができない。

空への攻撃は、成功した。

だが瑠璃の目的は、裏朱雀を跡形もなく退治することではないのだ。

――うう、う……。

やがて裏朱雀の体内からうっすら聞こえてきたのは、

「露葉！」

慌てて風を止める瑠璃。片や裏朱雀は傷ついた翼をばたつかせて辛くも空に留まる。目を凝らせば、露葉の面差しにはまた一つ黒いまだら模様が生まれていた。なおもって鬼の怨念に冒《おか》されている証だ。

「ちくしょうっ、どうして駄目なんだ！」

やっとのことで、死に物狂いで蒼流の力を会得《えとく》したというのに、それでも露葉を救うには至らないのか。悔しさに苛まれる頭領を、同志らはためらいがちに見ていた。

瑠璃は確かに成仏の力を開花させた。が、自在に扱えるまで極める時間は得ることができなかった。いかに強烈な風を発生させようとも、相手を無為に切り刻むだけではただの暴虐と大差ない。

何より瑠璃は未だ「斬り分け」を会得していないのだ。

露葉に斬撃を当てながらも、実際に斬るのは鬼の怨念だけ。露葉は斬らずに生きた状態で残す——この神業《かみわざ》とも言うべき芸当ができなければ、友を鬼の怨念ごと消滅させることになる。神たる蒼流の力をもってすれば斬り分けも自ずとできるのではと考えたのだが、どうやら甘かったらしい。

詰まるところ今の実状では、露葉を救うことはやはり不可能と言わざるを得ないのであった。

「頭……」

「辛いでしょうが、いつかは決断しなければならない」

権三と錠吉の言葉が胸に刺さる。

決断。それは言わずもがな、露葉を鬼の怨念もろとも斬り捨てるということだ。

二人にとて露葉を救いたい気持ちはあるだろう。されど空からの攻撃に翻弄《ほんろう》され、唯一の反撃手段である青の風も瑠璃の肉体への負荷を伴うならば、時間はかけられない。いよいよ覚悟を決めるしかないのだ。

――諦めなきゃ、いけないのか。

友の命を。

ともに生きる、未来を。

――瑠璃……。

再び上空から声が聞こえてきた。

露葉の声は、薄く、細く、辛うじて聞き取れる程度であった。

――ごめんね。これ以上は無理……限界なの。ありがとう瑠璃。あたしのために戦ってくれて、悩んでくれて、ありがとう。もうそれだけで、十分よ。

だからお願い、と露葉は声を振り絞る。

次に告げられる言葉を、瑠璃は知っていた。

――瑠璃さん……お願いが、あります。アタシを、斬って、くれませんか。

――ためらわずに、斬って。友からの最後の我儘だと思って、どうか聞いてちょうだい。お願いよ、瑠璃。お願い……。

鬼の怨念から、この苦しみから、痛みから、救ってほしい。

露葉の言葉は瑠璃に、白猫との最後を想起させた。

嵐山《あらしやま》での死別。そして、黄泉国で予期せず訪れた、真の別れを——。


「んまあ呆れた。こんなところで迷子になるなんて、方向音痴も大概にしてくださいよね。本当に、どうしようもない人なんだから」

虚無の空間に閉じこめられ、孤独と絶望に襲われた瑠璃を救ったのは、淡くともる光——友である猫又の姿であった。

「白、なのか……？　どうして、ここに」

気が動転したまま、瑠璃は声をわななかせる。

白は美しい青と緑の瞳でこちらを見つめ、

「どうしてだなんて、野暮なこと聞かないでくださいよ」

と、いつものように笑ってみせた。

「ほら立って。行きますよ」

くるりと背を向けるや、果てしない常闇の中を自信たっぷりに歩いていく。白には進むべき道が見えているのだろうか。友に導かれるようにして瑠璃も立ち上がった。

ともに並んで歩く最中、白はずっと黙っていた。瑠璃も同じく口を噤《つぐ》んでいた。話したいことはいくらでもあるのに、押し寄せる感情はどれも言葉にならない。あとどれだけこうしていられるだろう。あれほど出口を探し求めていたのに、瑠璃はまったく逆のことを考え始めていた。

このまま、いつまでも、出口に辿り着かないでほしいと。

ひたすら無言で歩いていくうち、何やら辺りが明るくなっていった。俯いていた瑠璃は首をもたげる。

遠く前方には、光る台座があった。天から降り注ぐ光に照らされ、円形の台座は穏やかな輝きを放っている。

それを確かめると白は足を止めた。

「あすこが出口です。あの台座の上に立てば、瑠璃さんの魂は現世に帰る」

白猫は淡々と言って、瑠璃の顔を見上げる。

「見送りはここまで。さあ、行ってください」

「…………」

促されても瑠璃は、足を踏み出すことができなかった。熱いものが胸の奥からこみ上がってくる。それを押し留めるように、顔を力ませる。

「一緒に行こう」

青と緑の瞳が揺れた。

「何言ってるんですか、せっかく送ってあげたのに。向こうに行くのはあなただけ。現世にはあなたを待ってる人がたくさんいるでしょ？」

「……嫌だ。お前をここに置いては行けない。一緒に帰ろう、白。お願いだよ」

白は静かに瑠璃を見つめる。やがて顔を伏せると、困ったようにかぶりを振った。

「まったく、いい歳して駄々っ子みたいなこと言わないでください。こうして一緒にいることだって普通じゃありえないんですよ？　アタシは死んだ身、でも瑠璃さんは、生きてるんですから……」

改めて現実を思い知らされたようだった。生者と死者は一緒にいられないという現実。これが白との、正真正銘の別れだという現実を。

「すまない、白。わっちはお前を、救えなかった……わっちに力がなかったばっかりにお前は、自分で死を選ぶしかなかったんだよな。自分を犠牲にして、わっちらを、生かすために」

声が揺れる。視界が揺れる。

そんな瑠璃の心持ちを悟ったのか、

「……ねえ瑠璃さん。抱っこされてあげましょうか。最後ですし、ね」

膝を折ってやると、白猫はぴょんとその上に乗ってきた。瑠璃は包みこむように左腕で白を抱きしめる。

友の体は柔らかく、温かかった。死んでいるなどとはとても信じられない。ここで本当に、別れなければならないなど――。

涙を抑えることは、もうできなかった。

「もっとお前に、美味《うま》いものを食わせてやればよかった……もっとたくさん話をすればよかった。もっと、もっとこうして、いっぱい、抱きしめればよかった……」

止めどなくあふれる涙がしっとりと、白猫の毛並みに染みこんでいく。猫は濡れることを嫌がるものだ。だが白は、文句を言わなかった。

「あなたは龍神の生まれ変わりでも、やっぱり人間ですね。アタシのことで後悔する必要なんかありませんよ。だって妖は、浮世に恨みを残さない。人間みたいに未練も残さない」

「でも――」

「今さっき、地獄の裁きが終わったんです。瑠璃さん、アタシね、これから極楽浄土に行くんですよ。長助に会えるといいなあ。そうそう、炎《えん》ともまた一緒に魚探しをしなくっちゃ。ね、アタシはアタシで楽しくやりますから、心配ご無用ですよ」

白の言葉がどこまで真実かはわからなかった。安心させようとしているだけかもしれない。それでも瑠璃は、友の魂が安らかに浄土へ行けることを願った。願うことしか、できなかった。

「瑠璃さん。露葉も、妖鬼にさせられたんですよね」

白猫のささやくような声が耳に触れる。

「……あなたのことだから、露葉のことも救おうと必死になってるんでしょう？　けれどもし、どうしても鬼の怨念から露葉を救えないようであれば、せめてきちんと斬ってあげなさい。アタシも裏白虎にさせられてたからわかるんです。露葉は今まさに〝生き地獄〟の中にいる。アタシら妖が鬼の怨念に埋もれていく苦しみは、言葉だけじゃとても表せません。だから友だちとして、終わらせてあげてください」

言うと白は瑠璃の腕からするりと抜け出し、背後にまわってしまった。

「さあ行って。振り返っちゃ駄目ですよ？」

迷いながらも瑠璃は立ち上がる。もう一度だけでも友の姿を目に焼きつけたい。そんな衝動を抑えつつ、光に向かって重い歩を進める。

円形に見えた台座は近づいて見れば蓮の台《うてな》の形をしていた。中に書かれてあるのは「輪廻転生」の文字。

そこに片足を乗せた瞬間、瑠璃は背中に、別れの声を聞いた。

「死が訪れるその瞬間まで、生きて、生き抜いて、そして幸せになってくださいね。今までありがとう、瑠璃さん。さようなら。さようなら……」

露葉は消え入りそうな声で言った。

ためらわずに斬ってほしい、苦しみから救ってほしいと。

白はこう言い諭した。

救うことができないなら、せめて斬ってやれと。

――終わらせる。露葉の命を、わっちがこの手で……。

友らの想い、自らの心がせめぎあう。

ドン、と火焔が爆ぜる音。瑠璃の意識はたちまち現実へと引き戻された。見仰げば、裏朱雀が発生させた炎のあられが降ってくる瞬間であった。

「しまっ――」

突き上げるような焦りに駆られ、瑠璃は青の風を発現させる。しかし力を加減する余裕はなかった。

青の風は瞬時にして竜巻に変わる。上空へと立ち昇っていく。炎を掻き消し、裏朱雀の体躯を巻きこむ。痛ましい鳴き声がこだました。

「瑠璃！」

飛雷の怒声。錠吉と権三のうめき声。見れば二人までもが激しい竜巻に押され、露台の近くまで弾き飛ばされていくではないか。制御しようと念じれども竜巻の勢いは増す一方だ。

――落ち着け、落ち着け、心を静めるんだ……。

ますます強まっていく竜巻に、瑠璃は唇を引き結ぶ。

友を斬るか斬らぬかの瀬戸際は知らず、心を動揺させていたのだ。静めようとすればするほど焦りは濃くなっていき、ついに青の竜巻は、瑠璃自身にも襲いかかった。

足がふっ、と地を離れる。次の瞬間、瑠璃の体は激しい竜巻にさらわれた。

「飛雷、頼むっ」

高々と空に押し上げられていく体。

叫びに応じて黒刀の刃が大蛇と化す。風を貫くようにして地へ伸長する。されど空中では、目標が定まらない。

「こっちだ、飛雷っ」

一方の錠吉と権三は身を打ちつけながらも何とか着地できたらしい。権三が突き出した金剛杵に向かい、大蛇は口を開ける。牙で金剛杵の先端に嚙みつく。蛇の体軀を素早く収縮させる。柄を握る瑠璃は、彼らの機転のおかげで再び地を踏みしめることができた。

瑠璃の体はもう青の風をまとってはいなかった。しかしながら裏朱雀は依然として竜巻にさらされ続けている。

制御できなかった竜巻は今、瑠璃の意思を超えて吹き荒れているのであった。

「駄目だ、止まれ——」

「いけませんっ。あっちに行ってはまた巻きこまれてしまう」

「離してくれ錠さん！　あれを止められるのはわっちだけなんだ」

同志の手を振りほどき、竜巻に向かって駆けだそうとした時だ。

——恨《うら》めしい……。

瑠璃は瞠目《どうもく》する。

聞こえてきたのは露葉の声ではなかった。

――この恨みを、誰が晴らしてくれるんや。

――あいつはどこにおる？　俺を裏切った、あいつは。

――苦しみが、哀しみが消えてくれへん。もう楽になりたい。それやのに止まれへんのや。殺させてくれ、誰でもええから、殺させて……。

それらの声は裏朱雀に取りこまれた、「鬼の声」に相違なかった。

なぜ、と瑠璃は困惑した。今まで相対した裏青龍、裏玄武、裏白虎から「妖の声」を聞き取ることはあっても、鬼の声を聞くことはついぞなかったというのに。

――そういえば正嗣と戦った時……あの時もわっちは竜巻を起こしちまって、そうしたら正嗣から、それまで聞こえなかった声が聞こえてきた。正嗣の、魂の声が。

後に、瑠璃は正嗣の浄化を果たした。

あの時と今は同じ流れの中にある。

――わっちはあれからどうした？

正嗣の声を聞いた後、瑠璃は彼の呪力に圧されて為すがままいたぶられた。正嗣の恨み言を聞き、罪悪感に押し潰され、そして――。

「そうか……きっと怨念を受け止めることが、成仏の力を発揮する鍵なんだ」

殺したい、呪いたいという衝動とは裏腹に、鬼は魂の奥底で誰かに「受け入れてほしい」、「理解してほしい」と望み続けている。ゆえに暗い恨みつらみの念を忌避することなく肯定してやれば、鬼の魂は安らぎを得ることができる。

誰かを恨む心。呪わしく思う心。それすらもすべて受け入れ、呑みこんだ時に初めて龍神の力は発揮されるのに違いない。

瑠璃は裏朱雀へと目を据える。鬼の声を心耳《しんじ》に聞く。

すると奇妙なことが起こった。

声を傾聴するうち、裏朱雀の体内に何かが揺らめいているように見え始めたのだ。

黒く、怪しげに揺らめく、いくつもの炎。

あれが何なのか、自ずと理解した。

「〝鬼の魂〟だ——見ろ、二人とも！」

言われるまま錠吉と権三も裏朱雀を凝視する。しかしややあって、

「魂とは、一体」

「頭には何かが見えてるんですか？」

どうやら黒い炎を目視できるのは瑠璃だけのようだ。

否、見える者はもうひとりいた。

「お前の起こした竜巻が、鬼の魂を表に浮かび上がらせたのじゃ。あれが見えるのは

蒼流の魂を持つお前と、同じく龍神である我だけじゃろう」

はたと瑠璃は飛雷を見つめる。浄化すべき鬼の魂はこれではっきり視認できるようになった。成仏の力も今なら発動できるだろう。

しかしながら最大の課題が残っている。

露葉を斬らずして怨念のみを斬る「斬り分け」だ。それができなければ漆黒の翼と尾羽を斬り落とせたところで、露葉の内側にまで染みこんでしまった鬼の怨念を取り除くことはできまい。

ひとまず竜巻を止めぬことには裏朱雀が息絶えてしまう——そう推した瑠璃は静かに息を吸いこみ、ゆっくり、細く、口から吐き出す。

途端、激しい竜巻は幻のごとく立ち消えた。

竜巻から解放された裏朱雀は弱々しく羽ばたいている。両翼から鬼の腕がはらり、はらりと力なく抜け落ちていく。それでも妖鬼は止まることを許されなかった。

「休むな！　何でそない時間がかかるんっ？　炎でとっととその女を殺せ！」

響き渡る蓮音のわめき声。図らずも露台の近くまで戻ってきた瑠璃たちは、屋上座敷から身を乗り出す太夫の表情を見た。

「せや、一番ええんは瑠璃と相打ちになることや。その女を殺して、一切経ごとお前も散れ。そしたらようさん褒めたるで？　なァ、裏朱雀」

苛立つ声に相反して、蓮音の顔は、笑っていた。

哀れにも裏朱雀は弱りきった体でこちらに向かい飛んでくる。瑠璃たちの頭上で火焔を放出させる。その様はまるで己が命を削っているかのようだ。露葉の気配は辛うじて残っているものの、今やそれも虫の息。遅かれ早かれ裏朱雀は核となる露葉ともども命尽きることだろう。

決断の時は来た。

もし「死」を苦痛からの救い、安らぎの手段とするならば、友を死に導いてやることもなるほど選択肢の一つである。友だからこそ、ひと思いに斬ってやる――それが救済というのも間違ってはいまい。

ただしそれは、希望が一切ない場合に限る。

――悪い、白、露葉。お前たちの望みは叶えてやれない。

白猫はきっと呆れるだろう。何て物分かりの悪い、とあの世でため息をこぼすに違いない。さりとて瑠璃の意思は変わらなかった。

――友を斬れるのが物分かりのいい人間だってんなら、わっちは一生、うつけ者で構わない。賢い人間になれなくってもいい。

放たれる炎のつぶて。

「よけろ、瑠璃っ」

黒刀の声を聞いて横に跳びすさる。もはや裏朱雀は瑠璃以外にまで攻撃を仕掛ける余力がないようだ。つぶては小さく、数も一度に一つしか来ない。

——もう少し。あとちょっとで、何かつかめそうなんだ。

「飛雷っ、何か考えつかないか？　露葉だけを斬らずに済む方法を……」

そう問いかけた時、唐突に閃いた。

地獄では無理だったにしろ、瑠璃は江戸にいた頃に飛雷を数度、胸元から召喚したことがある。その際、瑠璃の体からは決まって青の風が生じていた。

考えてみれば不可思議なことだ。黒刀はなぜ、瑠璃の体を傷つけずに現れたのか。飛雷刃が胸元を撫でるように掠めていたにもかかわらず——推測できる答えは一つ。飛雷と蒼流の力が合わさることで、飛雷も、そして瑠璃も無自覚のうちに、斬るものと斬らぬものを選り分けていたのである。

飛雷が有する龍神の力。

蒼流が有する龍神の力。

一つの力では足りずとも、二つ合わされば必ずや、不可能を可能に転じられる。

――今なら、できる気がする。

「錠さん、権さん、頼みがあるんだ。どうにかして裏朱雀を地に落としてくれ」

「その後は？」

「龍神の力に賭ける」

そう告げた瞬間、

「ああっ！」

悲鳴を上げたのは蓮音であった。手に持つ六壬式盤《りくじんちょくばん》が地上へと滑り落ちていく。

式盤に突き刺さった、一本の矢――豊二郎が射った純白の矢だ。

「けっ、どんなもんだ。裏朱雀には当てられなくても、他にならちゃんと当てられるんだぜ？」

豊二郎は地上から蓮音に向かって舌を突き出してみせる。ひまりと麗を安全な場所に運んだ後、同志らが苦戦していると察して戻ってきたのだ。

ガシャン、と六壬式盤は地に落ち、木っ端みじんに砕け散った。

裏朱雀の放つ邪気が揺らぐ。術者の呪縛が解けて喪心しているのだろう。この機を錠吉は見逃さなかった。

「権、錫杖をっ。俺が真言を唱えるから、お前は目一杯に投げろ」

「よし来た」

自身の錫杖を手渡す錠吉。受け取った権三はぐぐ、と上体をそらす。剛力によって投擲された錫杖は、槍さながらの速さで宙空を滑り、裏朱雀の右翼に命中した。

鳥の叫喚《きょうかん》が空気を震わせる。

刹那、錠吉は素早く印を組む。

《オン　ソリヤ　ハラバヤ　ソワカ

オン　センダラ　ハラバヤ　ソワカ》

真言が唱えられたと同時に、神聖な法力が錫杖に宿った。法力に当てられた裏朱雀は切れ切れに声を漏らしたかと思うと、平衡感覚を失い、地に落下していく。

「さあ飛雷、今こそ龍神の真価を発揮しよう。わっちとお前、ふたりでな」

「……ああ。行け」

バチ、と黒刀が雷《いかずち》を帯びる。

青の風が瑠璃の左腕に発生する。

風は柔らかな光と温もりをたたえていた。左の掌、さらには黒刀の刃へと集束していき、雷の気と調和する。

ひと呼吸を置いて、瑠璃は駆けた。

落ちてくる裏朱雀。その落下点を見極める。手前で足を踏みきる。瑠璃の目は凛然《りんぜん》として、妖鬼の内に揺らめく黒い炎を見つめていた。

「わっちは黒雲が頭領。斬るのはただ、鬼だけだ！」

黒刀の一閃。振り抜かれた刃が漆黒の右翼を撫で、露葉の胴体を撫で、左翼を撫で斬りにする。風と雷が絡みあいながら、黒い炎を一つひとつ包みこんでいく。

裏朱雀は悲鳴ともつかぬ小さな声を上げた。翼が崩れ落ちる。尾羽もまた、黒い霞と化して空へと舞い上がっていく。黒刀の刃は確実に、裏朱雀の内に囚われた者たちを斬ったのだ――望みどおり、ただひとりを除いて。

「露葉……」

地に残された山姥の体には、太刀傷がなかった。

肌を覆っていた黒いまだら模様が空中に滲み出し、澄んだ風に流されていく。

「やった。ついに、やったんだ」

友を救いたいという想いが、葛藤が、実を結んだ瞬間であった。

と、息をつけたのもほんの束の間、露葉の腹からすり抜けるように外側へ出てくるものがある。

古く皺だらけの巻物――間違いない。最後の一切経だ。

次の瞬間、一切経はあたかも内側から朽ちるようにはらはらと崩れ始めた。経典が塵となり大気に霧散したのと、露葉の唇が動いたのは同時であった。

「る、り……」

生きている。友が、生きている。

瑠璃の胸にたちまち喜びが広がっていった。

「よかった——ごめんな露葉、ずいぶん長いこと待たせちまった。もう、大丈夫だからな」

とはいえ、山姥の体には太刀傷とは異なる細かな傷が無数についていた。

「何てひどい……」

「こいつはたぶん裏朱雀に融合させられる際、蟠雪につけられた傷でしょうね」

権三はそう言って露葉の体を抱き上げようとする。傷は見るにむごたらしいが、急いで手当てをすれば間にあうだろう。一同はすぐさま塒に戻ることを決めた。

しかしながら戦いは、まだ終わったわけではなかった。

にわかに揺れだす地面。震える大気。遠く南の方角から濃厚な邪気が押し寄せてくる感覚を、瑠璃たちは総身で感じ取った。

　露葉以外を斬ることに成功したものの、龍神の威力は鬼の怨念ばかりでなく一切経にまで到達していた。そうして一切経が破壊された、と、いうことは——。

「立った！　朱雀の禍ツ柱や！」

　蓮音が屋上座敷から南方を見やって歓喜する。片や地上にいる瑠璃たちは一転して顔色を失っていた。

　とうとう最後の柱が、巨椋池に立ち上がってしまったのである。

「……誰か」

　そこへやってきたのは麗だった。気絶から目覚めたばかりなのだろう、足はふらふらとして覚束ない。

「誰か、こっちに来て」

　童女の姿を見るや豊二郎は声を上ずらせた。

「ひまりは？」

「大丈夫、向こうで静かに眠っとる。裏朱雀との戦いは、もう終わったんやろ？」

　なら逃げよう。そう急かす童女の目には、おびえの色が浮かんでいた。

「ウチだけじゃあのひまりって人を運ばれへん。誰でもええから早く来て、でなきや、すぐにでも――」

「ああ、ああ……！　この瞬間が来るんを、どれだけ待ったことか」

陶然とした声を漏らすや、蓮音は袂から一枚の呪符を取り出す。呪が唱えられるに従って呪符は蓮音の背に貼りつき、数を増やし、大きな翼となった。

術を使って地上へ下りてきた蓮音は、しかし瑠璃たちには一瞥もくれない。こちらの存在など忘れてしまったかのようだ。

太夫の両目はらんらんと光り輝き、道の北向こうへと熱い視線を注いでいた。

よくないことが起こる――さざめく本能が、瑠璃を急き立てた。

「行け、豊！　ひまりを連れてできるだけ遠くへ逃げるんだ」

鋭い声を聞いて我に返ったのだろう、豊二郎が直ちにその場を離れていく。それを見てもなお、蓮音は止めようとしなかった。

「かめへんよ、あの女子はもう必要ないもの。でも麗、あんたは駄目や」

太夫の目に射すくめられた童女はびく、と体を強張《こわば》らせた。

「何が駄目なものか、お前の都合なんて知らねえよ！」

怒鳴るが早いか、瑠璃は麗の手を半ば強引に取る。錠吉、露葉を抱きかかえた権三の面持ちにも焦燥が見てとれた。一刻も早くこの場を去らねば――誰もがその一心であった。何ぶん戦う余力などもう、一片も残ってはいないのだから。

その時、ざわ、と空気が重くなった。

瑠璃たちは駆けだそうとしていた足を止める。

蓮音の視線の先、道の向こうに、黒い何かが佇んでいた。

——あれは……繭《まゆ》、か？

ドクン、ドクンと、心の臓の拍動が、いやに大きく感じられた。

「お待ちしておりました。道満さま」

蓮音が黒い繭らしきものに向かって深々と辞儀をする。

繭に見えたそれは、黒く長大な呪符であった。一同の視線を一身に浴びながら呪符はするするとほどけ、夜闇に同化していき、やがて内側に隠されていた者の姿を明らかにした。蓮音と同じく、陰陽師の白装束に身を包んだ姿——。

「え？」

一瞬、心の臓の拍動が、止まった気がした。

瑠璃たちは愕然《がくぜん》とした。瞬き一つ、呼吸すらも忘れて立ち尽くす。八百歳越えの老人が、かように若々しい姿をしているとは思ってもみなかったからだ。何より、黒雲は彼を知っていた。

頼りなげな撫《な》で肩《がた》。垂れがちの奥二重《おくぶたえ》。

「……閑馬、先生……？」

瑠璃たちの前に現れたのは、死んだはずの人形師。

文野閑馬その人であった。

八

まるで横っ面を張られたような衝撃だった。

初めに思い浮かんだ言葉は「ありえない」。そして「そんなはずがない」。だがいずれも口に出すことができず、瑠璃も、錠吉も権三も、黒蛇の姿に戻った飛雷でさえ、ただひたすらに絶句していた。

「ああ、道満さま――」

弾かれたように蓮音が駆けだす。閑馬のそばにかしずくと喜びの声を上げる。

「ご覧になられましたか？　朱雀の禍ツ柱が立ち上がりました。青龍、玄武、白虎、朱雀。四神の力がことごとく解放されたのです」

閑馬は蓮音に向かって微笑んだ。

「ここまでホンマに長かったな。ようやってくれた、蓮音」

その笑顔は、瑠璃も幾度となく目にした優しげな笑顔と、何ら変わらないものであった。

不意に、閑馬はこちらへ視線を寄越す。言葉を失っている瑠璃に目を留めると、

「……お久しぶりどすね、瑠璃さん」

と、やはり聞き慣れた穏やかな声で言った。

「なんやら姿が見えんくなったと蓮音から聞いて心配したんどっせ。けど、あなたは今日この場に現れた。ほっとしましたよ」

「なん、で？」

放心したつぶやきが渇いた喉から漏れ出る。

瑠璃は深い混乱の中にいた。

「閑馬先生なわけない。だって閑馬先生は……先生は、死んだんだ。わっちはこの目で見た。あの人の亡骸を。血まみれになって、冷たくなってる体に、この手で触れたんだ」

間を置いて、そうかと思い当たった瑠璃は蓮音を睨みつけた。

「蓮音っ。お前、またおかしな幻術を使ったんだな？　質の悪い幻を見せて、わっちらを惑わそうとしてるんだろうっ」

この言を聞いて権三と錠吉も正気づいた。

「いけない、危うく騙されるところだった。そもそも太夫こそが閑馬さんを殺した下手人だってのに」

「俺たちは五人で閑馬さんの葬儀にまで参列した。亡骸が荼毘《だび》に付される現場にいたんだ。閑馬さんは、亡くなった。間違いなく」

ところが口々に述べる瑠璃たちの傍ら、飛雷の意見だけは異なっていた。

「……残念じゃが幻などではない。この者の魂は閑馬と同じ匂いをしておる。我とてあまり、信じたくはないが」

「さすが龍神さまやな、飛雷。神らしく冷静で正確な判断や」

再び絶句してしまった瑠璃たちを見まわすと、閑馬は微かにため息をついた。

「さて、何から話せばええモンか――第一に、俺はご覧のとおり死んでなんかおまへん。この体は〝人形〟なんどす。あなた方が骸やと思わはったんは、ただの脱け殻。あの時すでに俺の魂は新しい人形、つまりこの体に転移した後やった」

「人形、だって……？」

「ええ。俺は八百七十年の間、人形から人形へ魂を転移していくことで体を維持してきたんや。ただ新しい人形に転移すると魂が馴染むのに時間がかかるさけ、皆さんの前からいったん消える必要があったんですよ」

思い返せば地獄で小野篁も「死体に魂を転移する」という延命法に言及していた。が、よもや人形であったとは――。

「木の人形は正しく手入れすれば人間の肉体よりもずっと長持ちします。せやけど永久に、ってわけにもいかへん。木もいつかは腐るし朽ちる。あの脱け殻は、言うたら〝腐りかけ〟やったってわけです」

次の人形に転移するべき時を迎えた閑馬は、脱け殻となった人形を始末するようその場にいた蓮音に託したそうだ。しかし蓮音は黒雲の動揺を誘わんがため、あえて古い人形を死体に見せかけ、閑馬の家に放置したのだった。

――こんなの、違う。

話を聞けども瑠璃はやはり、これが現《うつつ》の出来事だとは信じられなかった。

「木の人形だなんて嘘だ。どっから見ても、人間じゃないか」

「まァそら、すぐには信じられまへんよね……」

言いつつ閑馬はぽりぽりと頭を掻く。弱ったような表情から推察するに、何と説明すれば理解してもらえるか考えあぐねているらしい。

「せや、お恋みたァな付喪神かて本物の狸さながらに動くし、毛並みも豊かやないですか。付喪神に生気が宿るんは妖力の為せる業。俺の場合は幻術や。幻術で人形の体を人らしく見せ、人らしい肌の感触にすることができるんどす」

「……だったら、魂は？　人の体が老いていくのと一緒で、魂にだって限界があるだろう」

いわゆる「寿命」という限界が――。

たとえ体を取り換えることができたとしても、魂を取り換えることまでは当然できないはずだ。この疑念を受けた閑馬はつっ、と視線をそらした。

「……それにはちょっとした絡繰《からく》りがありましてね。ただ一つこの場で言えるんは、世の中には寿命を延ばす方法も確かに存在する、っちゅうことくらいかな」

一つずつ詳《つまび》らかにされていく真実に、瑠璃たち一同は、いよいよ認めざるを得なくなった。

文野閑馬が生きていたことを。夢幻衆の頭領であり、倒すべき敵である蘆屋道満。その正体が、他ならぬ彼であったということを。

閑馬――すなわち道満は、これまでの苦労を問わず語りに述懐した。

瑠璃たちもすでに知ってのとおり、不死となるには「四神の力」が不可欠であり、四神の力を掌握するには「一切経」を破壊しなければならない。一切経は四神を守る経典だからだ。

したがって、何をさておいてもまずは一切経を破壊する。これが道満一派の目標であった。

「平安の陰陽師の中でも一部にしか知られてへんことでしたが、一切経の効力は、実を言うと〝よくて千年〟ってところでしてね。現に一切経の結界は時代を経るにつれてどんどん弱まっとった。ほら、もうすぐ平安京が造られてから千年を迎える頃合いでしょ？　せやから俺は一切経を破壊し尽くすには今だろうと踏んで、本格的に動きだした……」

始まりは三年前の「団栗《どんぐり》焼け」。洛中を丸ごと呑みこんだ大火災は何者かによる付け火が原因といわれているが、何を隠そう道満こそが火をつけた張本人であった。計画の第一段階として業火で地をならし、恐怖や猜疑心《さいぎしん》といった、人間の負の想念を京に充満させることが必要だったという。

第二段階は結界陣の破壊。道満は配下の夢幻衆に命じ、京に点在する主要な結界陣を破らせていった。「鬼門」の結界。「神門」の結界。「大将軍」の結界。これら三つの結界陣は先の大火災によって綻《ほころ》びが生じており、負の想念が満ちる中では自己修復も追いつかぬ状態だった。第一段階はこの状態をこそ狙っていたのである。

火災を起こした甲斐あって、夢幻衆は特に苦もなく結界の破壊を進めていった。し

かし唯一、障壁となったのが伏見《ふしみ》の稲荷山だ。最も堅い稲荷山の結界を破ることは結局叶わずに終わった。とはいえ実のところ、

「もうご存知でしょうが、稲荷大神、陀天は俺の育ての母なんどす」

その母が鎮座する地を邪気で侵してしまうのは、さすがに忍びない。他三つの結界陣を破壊して事足りていたこともあり、道満は稲荷山を放置すると決めたのだった。

こうして魔を弾く結界陣があらかた消滅し、妖鬼を自由に動かせるようになったところでようやく第三段階――一切経の破壊である。

第一、第二と確実に段階を踏んだ上で瑠璃を裏四神と衝突させ、龍神の力で一切経を斬らせ、四神の力を禍ツ柱として解放した、今に至るのだ。

「けれど閑馬さんは、自ら進んで黒雲に協力してくれた」

未だ困惑した面持ちで錠吉が言う。

「夢幻衆を倒すために、奴らや裏四神の実態を調べてくれていたんだ。そんな情報をうかうかと差し出してしまうなんて、普通なら……」

そこで真実に気づいたのだろう、錠吉の目つきは一転して鋭くなった。

「そうか――〝協力者〟を装いながら、実際は俺たちの〝導き手〟になっていたんだな？」

瑠璃を祇園会《ぎおんえ》に誘ったこと。

蟠雪の診療所へ行くよう促したこと。

裏玄武が深泥池《みどろがいけ》にいると匂わせたこと。

百瀬真言流に関する噂を伝えたのも然り。

すべては、黒雲を意のままに操るための策略だったのである。

険しくなっていく一同の表情とは反対に、

「なるほど。導き手とは、言い得て妙どすな。まあ祇園会の時なんかは正直ひやひやしましたけども」

柔らかな口調で言いながら、道満は麗に目をやる。特に険のない眼差しではあれ、童女はあたかも蛇に睨まれた蛙《かえる》のようにすくみ上がった。

「麗が操る裏青龍はちっと暴走しがちやったさけ、瑠璃さんを本気で殺してまうところやった。もし宗旦があの場に来てくれへんかったら、俺の陰陽術を披露せなあかん状況になってたでしょうね」

ふと、瑠璃の胸に当時のことが思い起こされた。

「……まさか、裏青龍への毒が効かなかったのは」

鬼女《きじょ》と大蜥蜴《おおとかげ》の妖が融合した裏青龍との再戦に向け、瑠璃は大蜥蜴に効くとされる毒の文献を見つけ出した。ところがせっかく苦労して作った毒は、裏青龍に対して何ら効き目をもたらさなかった。

毒作りを手伝っていた道満が裏で密かに細工をしていたのなら、それも道理だ。

「すまんな瑠璃さん。でも毒みたァな半端な力じゃ一切経の破壊は叶わへん。あくまでも龍神の力を使って、裏青龍を斬ってもらわなあかんかったんです」

道満はしんみりと眉尻を下げていた。面差しに浮かんでいるのは真に申し訳なさそうな色だ。相変わらず弱々しく、気取ったところもなく、人好きのする顔つき。

さりとて瑠璃はわからなかった。

彼の真意が。彼の、本当の心根が。

「信じてたのに……形は違っても志は一緒だって、黒雲の仲間だって、信じてたのに。ずっとわっちを騙してたのか？　善意なんかじゃなくて、最初から利用する目的で、わっちに近づいてきたのか……？」

伏見宿で行き倒れていたところを助けてくれた、あの時から。

「道満さま、そろそろ」

声を震わせる瑠璃をよそに、蓮音は何事か落ち着かない様子であった。

「せやな、もう頃合いか。ほなら始めよか——桃源郷の祖となるにふさわしい〝母神選び〟を」

瑠璃たちは瞬時に身構えた。

四神の力がすべて解放された今、道満はこの場で「不死の秘法」を実行する気なのかもしれない。そうなれば後は実際に桃源郷を作っていくのみ。桃源郷に必要なのは不死となった「父神」、道満。そして道満の子を産む「母神」である。

道満の目が蓮音──麗──瑠璃へと順々に移っていく。

体の奥で脈打つ心の臓、さらには魂の深部まで見透かすような眼差しに、瑠璃はぞくりと総毛立った。

長い黙考の後、

「……蓮音」

と、道満は傍らの太夫に目を留めた。

「はい、道満さま」

結果を確信していたのだろう、蓮音はすでに感極まり、両の瞳を潤ませていた。

何しろ候補になっているのは幼い童女に、傷だらけの隻腕の女、そして無傷の蓮音だけ。誰が選ばれるかは決まっていたようなものだ。

「お前さんは俺のため、桃源郷のためによう け働いてくれた。六つの頃から今まで陰陽道に励み、島原での修行に励み、さぞかし大変やったろう。あの世に行ってもうた菊丸や蟠雪ともども、お前さんら百瀬の兄妹には心から感謝しとる」

「何と勿体ないお言葉……おおきに、道満さま。おおきに」

だが次の一言で、蓮音の涙がすうっと引いた。

「せやからこそ、もう、ここまでや」

打って変わって冷たくなった声色に、蓮音は硬直した。

「それはどういう、意味どすか」

「わかっとったはずやで。最も母神となるにふさわしいんは、お前さんやない」

「何で！」

蓮音は声高に叫ぶなり道満の腕をつかんだ。

「なぜです道満さま、ねえ、ご冗談でしょう？　あなたを誰より理解してるのはあてどすえ？　桃源郷かてあてと一緒ならきっとこの上なく素晴らしいものにできる」

「違うんや蓮音。俺は何も、理解者を必要としとるんやない」

道満はなだめすかすような、憐れむような目で蓮音を見ていたが、そのうち見るに堪えないとでも言いたげに顔を背けた。

「まさか……」

太夫の顔から見る見る表情が失せていく。

「あの女、瑠璃を母神にしようとなさっているの？」

道満の腕をつかんだまま、もう片方の手で瑠璃を指差す。

「そんなの駄目、考え直しておくんなましっ」

「蓮音――」

「おかしいじゃありませんか。あないぼろ雑巾みたァに傷だらけの女が、母神にふさわしいですって？　そら陰陽はあてより整っとるかもしれへんけど、あの女には子を産んだ経験がないんどすえ？　遊女の過去がありながら身籠ったことがないやなんて、もしかしたら子を産まれへん体かも。仮にそうなら桃源郷はそもそも成り立たなくなってまう！」

息継ぎもろくにせぬまま、蓮音はまくし立てた。

「まして瑠璃みたァな鼻っ柱の強い女が誰かの言いなりになるわけない。いつか必ず牙を剝くに決まっとります。ねえ道満さま、もう一度よくお考えくださいまし。あてなら間違いなく子を産めます、あてを選んでくだされば」

が、蓮音の言葉はそこで遮られた。

「ええ加減にしぃや。確かに瑠璃さんの性分はそう簡単に変えられるモンやあらへん。けど最悪、〝禁じ手〟を使えばええ。瑠璃さんが健康そのものなんは半年一緒に暮らしてよう知っとるし、子を産めるかどうかの心配かておそらくいらへん。そう前々から言うとったんを忘れたんか？」

道満は目をそらしたまま蓮音の手を無理やり振りほどいた。勘弁してくれ、とでも言いたげに。

どうやら道満も蓮音の嫉妬心に手を焼いていたらしい。蓮音は裏朱雀をけしかけて瑠璃を殺そうとした。最後には一切経が破壊されたからよかったものの、あのまま瑠璃が死んでいたら、計画はすべて台無しになるところだった。

「第一、裏朱雀をけしかけるのかて〝新月の時が吉〟やと言い含めてあったんに、それさえもお前さんは破ってもうた」

「それは――」

「ああそうや。いっちゃん大事なんは四季を逆にすること。月の満ち欠けを逆にするんはおまけの験担《げんかつ》ぎに過ぎひん。けど蟠雪も菊丸もちゃんと俺の言うことを守ってくれた。やのにお前さんは……いや、これ以上はもうええ」

どのみち言ったところで、結論は覆《くつがえ》らないのだから。そう告げた道満の体からは、いつしか剣呑《けんのん》な気が漂い始めていた。

「お前さんの嫉妬心は、いずれ、計画の妨げになる」

何をするつもりか悟ったのだろう、蓮音は悲痛な声で取りすがる。

「お許しを、お許しを道満さま……あてがどれだけあなたを愛しているか、ご存知のはずでしょう？　あてはあなたのためにこそ遊女になった。あなたのためにこそ、苦《く》界《がい》に身を落としたんどす」

そのうち泣き崩れてしまった蓮音を、道満は億劫《おっくう》そうに見下ろしていた。

「どうか誤解なさらんといて、死にたくないから言うてるんやおまへん。どうしても母神に選んでいただけへんなら受け入れましょう。でもそれならせめて側室《そくしつ》として、いいえ乳母《めのと》としてでも構しまへん、おそばに置いとくれやす、どうか」

「乳母……？　自分のややも殺してもうたんに？」

はっ、と蓮音の顔色が変わった。

おそらく彼女は子殺しの事実を道満に秘していたに違いない。しかし道満は先ほど繰り広げられた豊二郎と蓮音の会話を聞いていたらしい。そこで彼女が過去に行った、恐ろしい所業を知ったのだろう。

「蓮音。お前さんには母神となる資格はおろか、俺の子を育てる資格もあらへん」

「ち、ちが、違うんどす道満さま、聞いてくださ――」

「今までおおきにな」

道満は蓮音の額に手をかざす。直後、太夫の口から空気を切り裂かんばかりの絶叫が響き渡った。尋常ならざる呻吟《しんぎん》に、瑠璃たちは思わず後ずさる。

長く痛ましい叫びは段々と細くなっていき、やがて蓮音の口から悲鳴の代わりに、光の玉が抜け出した。

小さく光る玉――蓮音の魂だ。

叫び声の余韻が残る中、道満は掌を自身の胸に当てる。すると蓮音の魂は導かれるがごとく道満の胸に寄っていき、すっ、と内側に吸いこまれた。

島原に、深い静寂がおりた。

深く、息詰まるほどの静寂が。

「……ごめんなあ蓮音。せやけど〝愛〟なんて、所詮ただの娯楽かそれ以下のもの。そないな幻に溺れなんだら、お前さんかてもう少し、長生きできたやろうにな」

道満は物思いにふけるかのように蓮音の骸を眺めていた。まだ人肌の温かさを残しつつも、物言わぬ脱け殻となってしまった亡骸。それを見る道満の瞳には哀しげな弔《ちょう》意《い》すら滲んでいる。

しばらくして視線を転じると、

「すんまへんな。皆さんお疲れやろうに、ずうっと立ちっぱなしにさせてもうた」

穏やかな微笑みがこちらに向けられる。

道満は蓮音の命を奪った。腹心の部下であったはずの蓮音を、尽くしてくれた感謝を口にしながら、いとも容易く――。瑠璃たちはものも言わずにただ、立ちすくむことしかできないでいた。

「瑠璃さん。今の話を聞いてわからはったと思うけど、母神になるべきはあなたや」

こちらへと歩いてくる道満。錠吉と権三がたちまち神経を尖《とが》らせる。当の瑠璃はといえば、麗の手を握ったまま、今なお声を発せられずにいた。

「止まれ！　うちの頭領には近づかせない」

錠吉が錫杖の先端を向けて牽制する。が、疲弊しきった体では満足な攻撃はできまい。権三も、瑠璃とて同じだ。

――逃げないと……。

焦りの念を感じ取ったのだろう、手を握られた麗は不安げに瑠璃を見上げていた。

ところが道満は何を思ったか、一同から離れた場所で立ち止まるなりぱっと両腕を上げてみせた。

「安心しなはれ。ここで皆さんと戦う気はおまへん」

「またそうやって騙そうと――」

「いえいえ錠吉さん、これはホンマどっせ。おかげさんで四神の力が解放されて、不死の秘法を修するための準備はほぼ整った。けど実際のところ、母神を迎える準備はまだ万端と言えへんのですわ。邪魔モンを取り除かんうちは、ね」

「遠まわしな言い方だな。つまり俺たちが邪魔だと？」

道満は肯定も否定もしなかった。

「何にせよ、俺には今すぐ瑠璃さんをどうこうするつもりはない」

ただし、と言葉を継ぐや、こちらに向かって右手をかざす。

瞬間、瑠璃の左腕が見えない力で引っ張られた。

「いや――」

「麗！」

唐突すぎる事態に瑠璃は、麗の手を離してしまった。体勢を崩し地に倒れこむ。一方で童女の体は道満に引き寄せられていく。

「嫌や、離してっ」

「やめろ道満、麗はもう自由にしてやれ！」

「自由にしたりたいんは山々やけど、この子にもあと少しだけ手伝ってもらわなあかんことがあるんどす。なあ麗、そない暴れんとってくれんか。何も痛いことなんかせえへんさかいに」

道満は困り顔をしつつ逃げようとする麗の襟首をつかまえる。嘆息まじりに正面を向かせると、片手を童女の額にかざす。

何らかの呪術をかけようとしているのだ。

そう察するや瑠璃は片腕をついて起き上がった。だがふらつく体では急ぎ駆けることができない。呪を唱え始める道満。もう、間にあわない——そう思った時、それは突然に起こった。

麗の胸元から光が放たれる。光は盾の形をなして童女を守る。かざされた道満の手を押し返す。

盾が振動したかと思うと、次の瞬間、凄まじい閃光が道満の体を覆った。

「く……、飛雷、お前さんの力か……」

雷に弾かれた道満は、しかし意味深長に笑みを浮かべた。

「麗、こっちへ！」

すかさず麗の手を引く瑠璃。道満から距離を置き、童女を庇うようにして立つ。

「おい飛雷、まだやれるか？」

「当たり前じゃろう」

青の風はもはや出せまいが、道満が雷に襲われている今なら、なけなしの力を振り絞ってどうにか倒せるかもしれない。

黒蛇が刀に姿を変えていくと同時に、瑠璃は地を蹴る。道満に向かって一直線に走る。ところが相手まであと数歩となった矢先、

《律令律令、天を我が父と為し、地を我が母と為す》

怪しげな呪が唱えられた。

《六合《くに》中《なか》に南斗、北斗、三台、玉女あり。左に青龍、右に白虎、前に朱雀、後に玄武、央《なかば》に集いて麒麟が再来を扶翼《ふよく》せん。急急如律令》

パチンと指が鳴らされる。それを合図に東西南北から島原の上空へ、たちどころに光が集まってくる。衝撃波を起こしながら、光の束は道満へと一気に注ぎこまれた。

膨大な力の渦が発生し、彼の体を闇夜へと押し上げていく。

うずくまる麗。地を滑るように押されていく錠吉と権三。そして瑠璃は、衝撃の波から麗を守るので精一杯だった。

これぞ平安の時代より京を守護してきた、四体の神獣の力。

雄大なる自然そのものの力である。

「残念ですが、今日のところはこれにて」

「道満！」

瑠璃は喘ぎ喘ぎ上空を仰ぐ。この渦では息をすることさえままならなかった。

「あんたはなぜそうまでして不死の法にこだわる？　人形の体で八百年以上も生き永らえてきたなら、それで十分なんじゃないのかっ？」

すると道満は、

「……人形の体じゃ、何も感じられへんのですよ。まして子を成すことなんてできやしない。不死の法が成功すれば、人の肉体が手に入るんどす。永遠の命を宿すにふさわしい肉体が、ね」

「言っておくが、わっちはあんたの妻になんぞならない。母神なんて糞食《くそ》らえだ」

苦々しくうなる瑠璃。手も足も出せない今はせめて否定をするしかなかった。

そんな瑠璃を見る道満の面差しは、どことなく、寂しげであった。

「けれども桃源郷は、あなたのためにもなるんどっせ。なァ瑠璃さん、この意味がわかるやろ？　……次会う時には色よい返事を、待ってますから」

渦がいっそう重く、激しさを増していき——やがて道満の体は、卒然と消えた。

残された瑠璃たちは膝をつく。限界を迎えた体がどさりと地に倒れこむ。荒れ果てた島原の地に立っている者は、もはや誰もいなくなった。

昏睡した瑠璃はこの時、まだ知らなかった。

京の東西南北にそびえ立つ四本の禍ツ柱が、なおもって満々と力をたたえ、妖しい光を放っていることを。

今ほど目にした力が、四神の力の、ほんの一端でしかなかったということを。

九

雨天を仰いだ青年は、嬉しそうにこちらへ語りかける。

――見て瑠璃さん、青空だよ。狐の嫁入りだ――。


「栄、二郎……」

「まあ瑠璃っ。目を覚ましたんだねっ？」

薄く開けた両目に飛びこんできたのは、見慣れた塒の天井と、不安げにこちらをのぞきこむ露葉の面差しであった。

肌の至るところにまだうっすらと傷痕が残っているものの、山姥の瞳には確かな生気が戻っている。友を救い出せたのは夢ではなかったのか。ほっ――と瑠璃は愁眉《しゅうび》を開いた。

「露葉……。よかった、元気になったんだな」

「ちょいと駄目よっ、まだ安静にしてなくちゃ」

上体を起こそうとした途端、全身に痛みを覚えてうめく。まるで体中の神経という神経に傷が入っているかのようだ。

「わっちは、どれくらい寝てたんだ……？」

露葉は瑠璃を助け起こして薬湯を口にあてがいながら、

「さあ飲んで。お前さんはあれから六日も眠ってたんだよ。慣れない力を使いすぎたせいだって飛雷が。ねえ？」

山姥の視線の先を辿ると、布団の端には黒蛇がとぐろを巻いていた。

「蒼流の力をあれほど連発したのじゃから、反動が出るのも無理からぬこと。露葉が申すとおり、しばらくは大人しくしておくことじゃな」

どうにも頭がぼんやりとして、思考が定まらない。未だ夢と現実のあわいにいるかのようだ。苦い薬湯をやっとのことで喉奥に呑み下す。

ここでようやく瑠璃は、隣に布団がもう一式敷かれてあることに気がついた。

「瑠璃姐《ねえ》さん……」

布団に横たわるひまりは安堵と心苦しさが入りまじったような、見るに複雑な面持ちをしていた。

「ごめんなさい姐さん。あたしが京に留まりたいって駄々をこねたばっかりに、さらわれて人質になって、皆を危険な目にあわせちゃった。迷惑かけて、ごめんなさい」

「何を言うんだ。謝らなくたっていい——と言うより、誰がお前を責めるってんだ？　何はともあれお前も無事で安心した」

気に病むなよ、と声をかけると、ひまりは口をすぼめて頷いた。

しかし露葉が診察したところによると、ひまりの体調は見た目ほどよくはないらしい。赤子ともども命の危機にさらされたせいで心身に多大な負担がかかってしまったのだろう。山姥は、赤子のことを考えればこれ以上は無闇に動かさない方がよいと断じた。

瑠璃は表情を陰らせる。ただでさえ京の世情が深刻化しているというのに、これではひまりを江戸へ帰すことができないではないか。

——まずいな……道満との決着は、これからなのに。

今後、京で何が起こるとも知れない。より大きな災いがもたらされる可能性とて否めない。

ところが当の本人は、

「姐さん、あたし、予定どおり京でややを産みます。露葉さんがお産に協力してくれるって言うし、それにこの先何が起こったとしても、姐さんたちが一緒にいてくれたら怖いことなんて一つもないわ」

気丈に宣言してみせる彼女の面差しには、恐れがなかった。

かつてひまりは瑠璃にこう吐露していた。母になるといえども、自分はそこまで強くなれない、と。さりとてやはり「母は強し」である──妹分の強い覚悟を感じ取った瑠璃は、彼女とその子を守りきろうと固く心に誓った。

時は六日前へと戻り、島原にて道満の力に圧倒された瑠璃たちは、彼が消えると同時にふっつりと意識を失った。瑠璃、錠吉、権三、麗、露葉。全員の体を塒に運んだのは豊二郎と東寺の僧侶たちだ。

その後、気を失った一同の中で初めに目を覚ましたのが露葉だったのは幸運であった。裏朱雀の中に囚われていた後遺症らしきものが若干残ってはいたが、露葉は不調を押してすぐさま豊二郎と僧侶たちに指示を出し、瑠璃たちの治療に取りかかった。

とりわけ錠吉と権三が負った火傷や打撲は、見るからに悲惨なものだった。おそらく気力だけであそこまで持ち堪えていたのだろう。だが山姥の懸命な看病が功を奏し、二人は容態も落ち着いて命に別状はないという。

「……そうか、恩に着るよ露葉。お前の薬と知識がなけりゃ、錠さんも権さんも危なかったかもしれないな」

「まあ二人ともそこら辺の男よりずっと頑健だからね。体を鍛えてなかったら、それこそ命はなかっただろうけど」

苦笑まじりに述べたかと思うと、山姥の瞳にふっ、と影が差した。

「豊二郎から全部聞いたよ。がしゃたちはお前さんと喧嘩した末に、ここを出ていっちまったんだってね。しかも喧嘩の原因は……。ああ、今もまだ信じたくない。長助と白が、死んじまっただなんて」

悲愴な声に、瑠璃は黙って首を垂れた。

「あの蟠雪とかいう男が百鬼夜行に現れた時、あたしらは吹き矢の痺れ薬で皆動けなくなった。大半の妖は気絶したみたいだったけど、あたしの意識は残ってたの」

残ってしまった、と言う方が正しいかもしれない。意識のあるまま体に切り目を入れられ、鬼と融合していく感覚を味わわされることになったのだから。

堪えがたい痛みを思い出したのか、露葉は顔を歪めた。

「長助と白にも意識があったみたいでね。縫合の台に載せられる時、ほんの一瞬だけふたりの姿が見えたのよ。変わり果てた、ふたりの姿が。あたしらは言葉を交わすことすらできなかった。ただお互い目をあわせただけで、それが、今生《こんじょう》の別れになるだなんて——」

そうして気づいた時には、山姥の体は異形に変えられていたのだった。

沈黙を挟み、露葉は再び口を開く。

「……ねえ瑠璃。ずっと辛かったでしょ」

思いがけぬひと言だった。

「いいや、お前たちの辛さを思ったらわっちなんか……」

しかしこちらを見つめる露葉の眼差しは、何もかもを見通すように深い憂いを帯びていた。

「隠さないでちょうだい。長助や白と死に別れて、他の皆とも物別れして、しんどかったに決まってる。それでも瑠璃は、あたしを鬼の怨念から救い出そうと必死になってくれたのよね。あたし自身、もう駄目だって投げやりになっちまってたのに、お前さんは最後まで諦めないでいてくれた。生かすことにこだわってくれた。あたしね、死ぬことはそれほど怖くなかったけど、それでもやっぱり〝生きたい〟って、心の奥で叫んでたの。お前さんはその叫びを受け止めてくれた。だからあたしはこうして、生きてる——ありがとう、瑠璃」

瑠璃はただ友を死なせたくない一心で戦った。礼を望んでいたわけではない。むしろひと思いに斬ってほしいという願いを聞き入れずして救命にこだわるのは、身勝手な自己満足ではないか、友に恨まれるのではないかと悩みさえしたものだ。

されど強情なまでにがむしゃらな想いは、果たして、友の命を今に繋ぎ止めた。

「ありがとう」というひと言は、時にどんな金銀財宝より価値を持つのかもしれない。

「そうだ、今ね、豊二郎にお願いして新しい薬草を採りに行ってもらってるんだ。源命丹を作るための薬草だよ」

山姥特製の滋養薬は、栄二郎を生死の淵から引き戻す可能性を秘めている。京は豊かな自然と山々に囲まれているため、目当ての薬草も難なく探し出せるだろうと露葉は推した。

瑠璃の目にいきおい力がこもる。

「栄二郎の容態はどうだ？　源命丹を飲ませれば意識が戻りそうか？」

「……あたしの見立てじゃ、正直かなりまずい状態さ。息も細いし、心の臓も動きが弱すぎる。源命丹だって万能ってわけじゃないんだ、だから……」

言いかけて、しかし露葉は自ら打ち消すようにぶんぶんと首を振った。

「ううん、できる限りの手は尽くしてみせる。あたしも今度は、諦めないから」

力強い声に瑠璃は頬を緩めた。一方で露葉は下にいる男衆の看病をせねばと言って忙しなく腰を浮かす。

階段を下りようとしたすれ違いざま、二階に現れたのは、

「麗……お前さんも、目が覚めてたか」

童女は分厚い前髪の間から視線を動かし、瑠璃と飛雷を交互に見た。

警戒する目つきは相変わらずだが、反面、表情にあるのは単なる警戒だけではないようにも見受けられた。

「そうそう、この子、瑠璃が起きるのをずっと待ってたんだよ。何だか話したいことがあるみたい。そうだろう？」

山姥の明るい声に、麗は目を泳がせつつ小さく首肯した。

何かあったら呼んでね、と言い置いて一階に下りていく露葉。二階の寝間には瑠璃、ひまり、飛雷、麗――と不思議な顔ぶれが残った。

しん、と何とも言えぬ沈黙が漂う。

麗はその場に棒立ちとなったまま一向に喋ろうとしない。彼女とまともに顔をあわせるのは伏見稲荷大社の境内で面罵されて以来だ。一体、何と声をかけるべきか。何を言うのも憚《はばか》られる気がして、瑠璃もまた押し黙っていた。

「えっと……麗ちゃん、よね？」

と、沈黙を破ってくれたのは、ひまりであった。

「あなたと瑠璃姐さんの事情はだいたい知ってるわ。もしかして、姐さんと話すのが怖い？」

「……」

「そっか。なら、あたしを人質にするっていうのはどう？」

出し抜けな提案に驚く瑠璃。麗も意表を突かれたらしく、目を見開いている。

対してひまりはにっこりと笑ってみせた。

「瑠璃姐さんはあなたに危害を加えるような人じゃないけど、万が一にでも何かあればあたしを盾にしていい。平気よ姐さん、もう人質にされちゃった経験があるんですもの、一回も二回も大して変わらないわ」

こうして麗は促されるまま、ひまりの枕横にちょこんと座りこんだ。居心地が悪そうに瞬きを繰り返し、口をきゅっと横に結ぶ。その姿を見た瑠璃は——自分にそんなことを思う資格はないと自覚しつつも——童女に対して、愛しい気持ちが湧き上がってくるのを感じていた。

「なあ、麗。今からちょいと突飛《とっぴ》な話をする。作り話だろうと疑わしく思うかもしれないが、ひとまず聞いてほしい」

麗は瑠璃と目を合わせようとしなかったが、次の言葉で顔色を変えた。

「わっちは地獄に行った。そこでお前さんの父、正嗣と再会した」

「えっ……」

「正嗣は生き鬼になった罰として、深獄という場所に幽閉されていた。暗くて寂しい場所だったけど、正嗣はもうそこにいない。怨念を手放して、魂は浄土に向かったんだ。その直前、わっちは正嗣に、お前さんのことを話した」

深獄の情景が脳裏に蘇る。

――ミズナ。同胞であるお前にしか頼めない。お前だから頼みたいんだ。俺の娘に、こう伝えてくれないか――。

畳に目を落としながら、瑠璃は彼からの伝言をそっと口にした。

「正嗣は、娘であるお前さんに鬼の血を継がせてしまったことを悔いていた。〝父親として何もできなくてすまない。鬼の怨念ばかり残してしまってすまない。これからは自分のために、幸せな未来を見つめてほしい〟――と、そう言っていたよ」

麗の面持ちからは信じがたいといった心境が見てとれた。だがそのうち瑠璃の冷静な態度から、嘘ではないと察したらしい。

いつしか膝上に置いた幼い両手が、握り拳を作っていた。

「……そんなん、おっ父が楽になりたいだけの言い訳やんか」

麗の声には怒り、そして恨みが滲んでいた。

「ウチ、本当は、おっ父のことが嫌いやった。だっておっ父が生き鬼になったから、おっ母はウチを身籠って、体を悪ぅして死んでもうた。ウチは鬼の感情におびえながら暮らすしかなかった」

麗が幼子にもかかわらず表情に乏しいのは、内に揺らめく鬼の激情が表に出ないよう押し留めているからだ。

「おっ父が生き鬼なんかになるから……でも、おっ母は……」

五つの時に死んだ母、カノは生前こう言っていたという。

――麗、おっ父を恨んだらあかんよ。おっ父は、人を恨んで鬼になってもうた。誰かを恨むゆうんは苦しいことや。鬼は苦しくて、哀しくて、独りぼっち。せやからおっ父のことを、恨まんといたってね。

「おっ母は、おっ父のことを恨んでへんかった。よも爺《じい》が言うとったんよ。おっ母はおっ父のことが好きで、おっ父もおっ母のことがずっと好きやったんやて」

ところが宝来の翁である与茂吉いわく、正嗣は自身が虐げられる産鉄民の出であることを負い目に感じ、カノと夫婦になることをためらっていたそうだ。滝野一族がならず者たちに急襲された事件は正嗣の心に消えぬ爪痕《つめあと》を残していた。ともすれば宝来にも同じ災難が降りかかるのでは、自分を世話してくれた皆にこれ以上の迷惑はかけられないと、彼は考えたのだろう。

宝来も同じく虐げられる身分の者、気にする必要なんかない――そう宝来の者たちから諭されてもなお、正嗣は己が気持ちを抑えこみ続けた。その感情が生き鬼となったことで弾け、肥大化し、カノを襲う事件へと繋がったのである。

「けど、いくらおっ父とおっ母が好き同士やったからって、そないな風に生まれた子は、望まれて生まれてきた子とは全然違う。ウチさえ生まれてこんかったらおっ母が死ぬこともなかった。蓮音さまかて自分の子を〝いらん子〟や言うて殺してもうたやろ。きっとウチも……鬼の血が入っとるウチも、本当はいらん子やったんや。生まれてきたらあかん子やったんや」

「麗――」

親になったことのない身で反論したり慰めたりするのが無責任に思えて、瑠璃は我知らず、言葉に迷う。

するとこれまで黙していたひまりが突然、

「そんなこと、口が裂けても言っちゃ駄目！」

優しい顔立ちのひまりから発せられた強い言葉に、麗は目を瞠っていた。

「残念だけど、あの蓮音って人みたいに自分の子の命を大事に思えない大人っていうのは確かにいるわ。でもね麗ちゃん。上《うわ》っ面《つら》だけの言葉に聞こえるかもしれないけれど、生まれたことが罪になるような命なんて、この世に一つだってないのよ」

ひまりは自身の腹へと手を触れる。

「もしあたしの子に鬼の血が流れていたとしても、この子は決して悪くない。あたしの夫もね、おっ母《か》さんが鬼だったのよ」

豊二郎と栄二郎は鬼の血を受け継がずに生まれてきた。が、仮に鬼の血を継いでいたところで、二人が生まれてはいけない存在であったなどと言えるだろうか。

「生まれ自体が罪だなんて、そんなの、差別をする人と同じ考え方になっちゃうわ」

「…………」

「それにあなたが望まれて生まれてきたんじゃないって、どうして言い切れるの？

あなたのおっ母さんがそう思ってたってこと？」

麗は言下に首を振った。

「おっ母はウチを大事にしてくれた。毎日ぎゅって抱きしめてくれた。でもおっ父は、違ったかもしれへん」

やはり正嗣の言葉を、成仏の間際にこぼした言い訳と捉えているのだろう。

――麗だってずっと辛い思いをしてきたんだ。父親を恨みたくなる気持ちも、わからなくない。

けれども瑠璃には、同胞の想いをしかと伝える義務があった。

「わっちがこの目で見た正嗣は、真心からお前さんの将来を案じていた。幸せになってほしいっていうあの想いは、紛れもなく父親の愛情だ。麗、お前さんは愛されて生まれ、これからも愛されるべき子なんだよ。わっちになんか言われたくないだろうが、正嗣の心だけは、信じてくれないか」

母は娘を愛し、父もまた娘に確かな愛情を抱いた。

健やかに、幸せに生きてほしいと切に願った。

「……そういえば、おっ母が言っとった。おっ父とウチは顔だけやなくて、人見知りなとこもよう似てるって。一度でええから会わせてあげたいなあって、死ぬ直前まで言っとった……もし会えたなら、おっ父も、ウチをぎゅってしてくれたんかな」

惜しむらくは正嗣が直に愛を伝えられなかったことだが、利発な娘は、やがて父の想いを悟ったらしかった。

「おっ父に、謝りたい。嫌いやなんて思ってたこと、面と向かってごめんって、謝れたらよかったんに……」

ぽろりと涙が一粒、麗の小さな拳に落ちた。

四条河原にて童女と初めて会った時、瑠璃は彼女の暗い目を見て、まるで昔の自分を見ているようだと感じた。

――あの感覚は、あながち間違ってなかったんだな。

彼女と自分の境遇は、まったく違うようで実はとてもよく似ている。知らず知らずのうちに瑠璃はそう思うようになっていた。

二人とも好きで虐げられる身分に生まれたのではなく、好きで半人半鬼に、あるいは龍神の宿世となったわけでもない。いずれも肉親を喪っている麗と瑠璃だが、麗が宝来の者たちに育てられてきたように、瑠璃も周囲の人間から温かな愛情を受け、支えられて生きてきた。

童女もまた、瑠璃の境遇に自らと似たものを感じ取っていたようだ。

「ふた月くらい前、下で眠っとる栄二郎って人が、あんたの過去を教えてくれた」

麗は言って、瑠璃を上目づかいに見た。

「本当か？　栄二郎が……？」

一体いつの間に麗と会っていたのだろう。そうとは知らなかった瑠璃は驚くとともに、彼が自分のために過去を語ってくれたのだろうと察して胸が詰まった。

「もっと吐き気がするくらい、嫌な女やったらよかったんに」

ひと言、ひと言、時折つっかえながらも麗は心の澱《おり》を吐き出す。

「蓮音さまみたァにわかりやすく意地悪な女やったら、ウチは迷う必要なんかあらへんかった。あんたをとことん、心の底から憎みきれたのにって――それで気づいたんよ。ウチは、ただ憎むことばっかりが目的になっとった」

自分がこれほど辛い思いをしてきた、これほど憤っているのだと相手にぶつけさえすれば、それで報われると思っていた。だが復讐心は己を傷つけるばかりで本当の救いにはならない。そう童女は気づいたのである。

「あんたを恨んで、おっ父を恨んで、自分のことかて大嫌いで。でもウチは、できることならずっと許したかった。恨んだり怒ったりするだけの人生なんてもう嫌。楽になりたかった。鬼の怨念から、自由になりたかった。せやからウチは……」

しばし瞑目《めいもく》した後、麗は真っ向から瑠璃を見る。その瞳はまるで憑き物が落ちたかのように澄んでいた。

「瑠璃。ウチは、あんたを許す」

元より瑠璃は滝野一族が滅亡した「元凶」ではない。加えて以前、宝来に言いがかりをつけてきた輩を、瑠璃は平手打ちとともに糾弾した。道満に連れていかれそうになった麗を身を挺して守ろうとした。認めがたいと葛藤しながらも、童女の心には純粋にこんな気持ちが生まれていたのだ。

この女は、悪い人間ではない――と。

「ウチや宝来の皆を庇ってくれる人なんて、今まで一度だって会ったためしがあらへんかった。それに、あんたとウチは、血が繋がってるんやし……」

麗にとっても瑠璃は、自らの血筋と存在を証明できる唯一の人と言えるだろう。

次いで童女は黒蛇へと視線を滑らせる。胸元に下がる牙の首飾りを、大切そうに握りながら。

「飛雷さま。あの時くれた牙、これはホンマにウチの盾になってくれた。あんたさんの言葉は嘘やなかった。せやさけウチは、あんたさんのことも恨まへん」

瑠璃は飛雷と視線を交わす。

蛇の表情は例によって読み取れないものの、飛雷の心にも自分と同じく静かな安堵が広がっているのが、そこはかとなく感じられた。

「……ありがとう、麗」

照れ臭さがあるのだろう、麗はこくこくと無言で頷いている。まさしく十二の童女らしい仕草だ。一連のやり取りを見守っていたひまりは、こっそりと袖で目尻をぬぐっていた。

さりとて喜びに浸ってばかりもいられない。

「なあ麗。急な話で悪いが、宝来の人たちと一緒に京から逃げてくれないか。そもそもお前さんが夢幻衆の言いなりになってたのは、あの人たちを盾に脅されてたからだろう？　道満はまだお前さんを利用しようと企んでるみたいだったし、いつまた危険な目にあうかわからない。だからすぐにでも京を出て、皆で江戸に行くんだ」

麗たちを京から逃がすべく、瑠璃は前々から計画を立てていた。関所で必要となる手形は安徳の力を借り用意してもらった。錠吉に頼み、慈鏡寺《じきょうじ》で宝来の全員を匿ってもらう手筈《てはず》も整っている。

まずは京を出て、道満の脅威から逃れること。そして、

「江戸には宝来っていう肩書きも、〝ぬっぺりぼう〟なんて腹立たしい異名を知って

る奴もいない。だから身分を捨てて、新しい人生を歩むことができる」

「……ウチらは逃げることしかできひんのやね。道満さまからも、差別からも」

そう侘しげにこぼした麗と同様、瑠璃も嘆息した。

「差別ってのは、そう簡単になくなるモンじゃないからな……ただ、馬鹿正直に虐げられてばかりいる必要もないさ」

瑠璃は辟易するほど思い知らされていた。

差別というものには抗う心を嘲笑《あざわら》い、押さえつけてしまう暗澹たる力がある。虐げられる者は鬱屈した思いを秘めながらも、差別する側に立ち向かうことはおろか、仕方のないことと受け止めてしまっている。滝野一族がそうであったように。正嗣がそうであったように。そして宝来も、麗もまた、差別に抗うことはできまいと諦めているに違いなかった。

滝野一族や宝来も、おそらく初めは差別と闘っていただろう。だが哀しいかな、少数派が多数派にやりこめられてしまうのが世の常というもの。柔らかい地面が踏みしめられるうちに固い道となっていくように、長い歴史の中で差別は徐々に形作られ、いつしか差別する者とされる者、いずれの心も「崩しがたいもの」として凝固してしまった。どうせ声を上げたところで何も変わらないのだと、諦めの感覚に支配されてしまったのである。

では本当に、差別は打ち崩すことができないのだろうか。

――言っちまえば、差別する側の人間がそっち側に生まれたのは、単なる偶然に過ぎないはずだ。

魂の貴賤によって生まれが決まるわけではない。

――なのに出自だけを理由に爪弾きにされるのがどれほど理不尽なことか、もし自分が逆の立場だったらって、考えることはないのか？

そう思いを馳せれどもわからない。何しろ瑠璃がここまで差別に憤りを覚えているのは、ひとえに瑠璃自身が差別される家筋に生まれたからだ。もし出自が違っていたなら、差別というものに心を痛めることすらなかったかもしれない。

滝野一族や宝来が今までどれほど忸怩《じくじ》たる思いを抱えてきたか、どれほどの辛苦に身悶えしてきたかという事実を、世間は何も知らないのだ。

ならばと瑠璃は考えた。

もし虐げられる者が結束して差別に立ち向かったなら、おかしいことをおかしいと言うことができたなら、何かが変わるかもしれないではないか。男衆や安徳が心を砕いてくれるのと同じで、こちら側に共感してくれる者は他にも必ずいる。「対話」もきっと、叶うはず——この考えは図らずも、世間に「拒絶」の意を突きつけようとした百瀬の三兄妹とは、正反対の思考であった。

「何をさておいても大事なのは〝抗う心〟を持つことだ。そのためなら逃げたっていい。身分を隠したっていい。生まれだけで人を見下してくるような奴らなんかに、卑怯だと言われる筋合いはないんだから」

とはいえ、逃げるだけでは根本からの解決にはなるまい。

「皆で抗う準備ができたら、次は〝抗う声〟を取り戻すのさ」

「抗う、声？」

瑠璃は大きく頷いた。

「滝野も宝来も世の中の大多数と同じ人間なんだって、声を上げて訴えるんだ。わっちはその足掛かりを作りたい。身分を隠さずとも皆が堂々と生きられる方法を、きっと見つけ出してみせる。そうだ麗、もしよかったら江戸でわっちを手伝ってくれないか？　お前さんはわっちの再従姪《はとこめい》なわけだし、滝野であり宝来でもあるお前さんがいてくれたら百人力なんだが——」

流れるような口上に圧されてしまったのだろう、麗は目をぱちぱちと瞬いていた。

しばらくの間を置いて、

「うん……わかった。ウチも手伝う。何ができるかわからへんけど、これからは皆と一緒に、笑って生きたいから……」

　これまで暗く、感情の機微がほとんど窺えなかった麗の瞳。そこには今、ささやかながら希望がともっていた。彼女の父が望んだ幸せな未来を、輝く瞳の内に夢想しているのだろう。

「ほな、もう行くね。河原に戻って旅の支度をせな」

「ああ。次は江戸で会おうな」

　頷き返したのも束の間、瑠璃はあることを思い出した。

「いけね、肝心なことを言い忘れちまってた。麗、お前さんのおでこにある角なんだが、わっちと飛雷に取り除かせてくれねえか？」

「ウチの、角を？」

「飛雷と試行錯誤しててさ、露葉を裏朱雀から斬り離せたみたいに、鬼の怨念とそれ以外を斬り分けられるようになったんだ。もちろんお前さんに傷はつけないよ。鬼の角がなくなれば怨念に苦しめられることだってなくなるし、そうやって前髪でおでこを覆い隠す必要だってなくなるだろ？」

　童女は戸惑いがちに前髪をいじりながら、なぜだか即答しなかった。

「ちょっと、考えさして。江戸で合流した時でもええやんな？」

一も二もなく承知してもらえるとばかり思っていた瑠璃はやや拍子抜けしてしまった。が、麗にしてみれば、生まれついての角を除去できようとは青天の霹靂《へきれき》だったはずだ。ならば納得いくまで考えてもらうに越したことはない。

「あんな、瑠璃」

「ん？　どした？　やっぱり角を取っておくか？」

「そうやなくて、ウチのこと、色々と考えてくれて、その……」

ありがと、と麗は聞こえるか聞こえないかくらいの小さな声で言った。

「……いんや。こちらこそだよ」

つと胸に呼び起こされたのは江戸にいた頃のこと。当時は慈鏡寺の住職だった安徳から、瑠璃はこんな説法を聞かされたことがあった。

御仏は人間が避けることのできない苦悩を「生老病死《しょうろうびょうし》」の四つであると説いた。老いること、病にかかること、死ぬこと——そして、生まれること。

この世に生を享《う》けることはままならぬことであり、誰しも生きていくには葛藤がつきまとう。瑠璃も己の生に嫌気が差したことがあった。自分さえいなければと思ったこともあった。されど大切な者たちが辛抱強くそばにいてくれたことで、生を自ずから肯定し、光を求められるようになった。

――次はわっちが、この子を支えるんだ。いつか麗にも〝生まれてきてよかった〟って、心から思ってもらえるように。

麗への贖罪《しょくざい》はむろん一件落着とまではいかぬものの、これにて今ひとまずの解決を見ることができた。

が、道満との決戦に先駆けて、結論を出しておかねばならぬことがもう一つある。

童女に向かって微笑みかけながら、瑠璃は静かに目を伏せた。

十

六道珍皇寺には霜月《しもつき》の冴えた気が満ちていた。木々はすっかり葉を落とし、朽ちた色味が寒々と寂光に浮かび上がっている。

この日はやけに風が強い日であった。

——京に来てから、もうすぐ丸一年が経つんだな……。

早いものだと瑠璃は心の内でつぶやく。

あれよあれよと移ろう季節を追っていくうちに命は老い、そしていつかは散る定めにある。わかりきった運命ではあれ、しんみりとした冬の気配にさらされていると生命の儚《はかな》さが改めて身につまされるようだ。

瑠璃の眼前には黄泉へと繋がる「冥土通いの井戸」が、暗く口を開けていた。

かつてこの場所で聞いた声も、地獄の帰り道で聞いた声も、忠以ではない偽りの声だった。

――あの時、亡者たちはわっちの心を読んでたんだ。わっち自身も認識してなかった心の奥を探って、そこに忠さんへの気持ちを見たんだろうな。

もう一度でいいから忠以に会いたい――心の奥にあった「願い」は転じて「弱み」となり、悪意を持った亡者たちにつけこまれてしまったのである。

「嫌になっちまうな。どこまでも未練がましくってさ」

腰帯に巻きついた黒蛇は、何も言わなかった。

目を閉じれば忠以との思い出が一つひとつ、まぶたの裏に浮かんでくる。

木挽町《こびきちよう》の芝居小屋「椿座《つばきざ》」で初めて会った日のこと。一緒に花火を見に行った日のこと。吉原の妓楼で思いがけず再会した日。忠以が敵方である鳩飼《はとか》いに加担していると判明し、怒りのあまり彼の手を払いのけたこと。そして互いに相容れぬまま、吉原の大門で別れた最後の日――。

思い返せば楽しい思い出ばかりでは到底なく、悩ましい思い出、涙まじりの思い出も多かった。傷つけ、反対に傷つけられたことも一度や二度ではない。それでも思い返すたびに恋心は募り、膨れ上がり、彼がもはやこの世にいない事実を思い出しては、失意に沈む。

と、ひときわ強い突風が吹いて着物の裾を翻した。露葉の手を借り肩口で一つに結んだ黒髪が、さらりとなびく。

ここに至って瑠璃は心の底から理解した。

死とはすなわち、永遠の別れ。

死者は決して生き返らない。どれほど認めまいと拒んでみても、納得できぬと憤ってみても、死は不変かつ絶対的なものとして生者の前に立ちはだかる。

――何をどう足掻いたって、もう二度と忠さんに会うことはないんだ。あの世でさえ会えなかったんだから、なおさら。

愛する者が死した時、残された生者はどう生きるべきなのだろう。死者への想いや哀しみをどうなだめればよいのだろう。

そして考えずにはいられない。

死者は、生者に何を望むのだろうかと。

――俺の娘に、こう伝えてくれないか。父親として何もできなくてすまない。鬼の怨念ばかり残してしまってすまない。これからは自分のために、幸せな未来を見つめてほしい、と。

――死が訪れるその瞬間まで、生きて、生き抜いて、そして幸せになってくださいね。今までありがとう、瑠璃さん。

――願わくは道満を、あるべき道へ。人として死に向きあい、人として死ねる道へと、戻してやってほしいのです。

黄泉国にて正嗣は娘の幸せを願い、白も瑠璃の幸せを心より願ってくれた。形は違えど梨花も、道満のことを憂慮している様子が窺えた。

では、忠以は。

――吉原の大門で別れたあの日から、悔やんでも悔やみきれへんかった。お前に皮肉まで言われたんに、何で俺は――。

地獄で聞いた亡者の声は、ややもすると忠以の想いを代弁していたのではないか。瑠璃にはそう思えてならなかった。

不意に、ぴたりと風がやんだ。

風に煽られていた虫たちが、どこからともなく一匹、さらに一匹と井戸のまわりに戻っては辺りを浮遊し始める。

冬になると現れる、白い綿のごとき虫。その名もまさに綿虫《わたむし》である。

思いがけず声が漏れた。

「これって、確か……」

瑠璃は昔から虫を苦手としているが、しかしこの小さな虫たちには不思議と恐れを感じなかった。綿虫につけられた、もう一つの呼び名を知っていたからである。

日差しの中をふわふわと漂う綿虫は、まるで瑠璃を見守っているかのようだった。

——瑠璃によろしゅうな。

忠以は臨終の床に付き添っていた狛犬のこまに向かい、こう伝言を託した。

だが彼はいつも頑ななまでに自分を「ミズナ」と呼んでいたのだ。なぜ最後の最後になって呼び方を変えたのか。それが些か、気になっていた。

瑠璃は吉原を辞する時、生まれ持った「ミズナ」ではなく、花魁としての源氏名である「瑠璃」をその後の名にすると決めた。それは「瑠璃の浄土」を実現するという夢はもちろんのこと、振り返らずに前へと進み続ける、覚悟の表れでもあった。

ひょっとすると忠以はその心持ちに気づいていたのかもしれない。死にゆく自身と相反し、瑠璃はこれからも人生を歩んでいく。その未来を祝福するためにこそあえて「瑠璃」と言ったのかもしれなかった。

――いつかは必ず、折りあいをつけなきゃならないんだよな。わっちはそれをずっと、先延ばしにし続けてきちまった。

い、い、い、たったひと言が、どうしても口にできなかったばかりに――。

「……飛雷」

黒蛇は黙ったまま請けあった。

綿虫が儚げに舞い飛ぶ中、刀に変じた飛雷を握る。されど名残惜しさが押し寄せて、瑠璃の手をためらわせた。

在りし日の思い出に浸ることは必ずしも悪いことではないだろう。愛する忠以を喪った哀しみは、瑠璃が瑠璃である限り決して消えることはなく、消えてはならないものでもある。

しかしながら今この瞬間、一緒にいたいのは誰なのか。

大切にしたいと思うのは誰か。

この先も、ともに歩んでいきたいと思うのは。

地獄で告げ損なった決心を、今こそ口にする時であろう。

瑠璃は束ねた黒髪をしばし眺め、ざく——と刀で断ち切った。

「これからもずっと、忠さんのことは忘れない。龍海院《りゅうかいいん》にもまた花を手向《たむ》けに行くよ。だけど気持ちは、ここへ置いていく」

緩やかな風が吹きわたり、あらわになったうなじを掠めた。

瑠璃は斬り落とした髪の束を握る。井戸の上でゆっくり掌を開く。はらはらと、長い黒髪は音もなく井戸の底へ溶けこんでいった。

「忠さん。恋ってものを教えてくれてありがとう。わっちの人生に彩りを与えてくれて、ありがとう……。どうかあの世で、安らかに」

哀しみを受け入れ、前へ、前へと進み続ける。それもまた「生きる」ということなのかもしれない。生者は死者の魂の平穏を願い、死者も愛した生者の幸福な未来を願う。瑠璃が心を寄せた忠以という男も、きっと。

さよなら、と秘めた言葉をささやいて、瑠璃は綿虫の舞う六道珍皇寺を後にした。

綿虫。別名「雪蛍」——忠以との幻の約束は、彼の死から時を経てようやく、果たされたのだった。

今や裏四神はすべて浄化された。だが無辜《むこ》の鬼や妖を利用してきた罪は断じて看過できない。ことに道満は依然として瑠璃を狙っており、瑠璃を母神とするには「邪魔者」がいると述べていた。

果たしてあれは誰を指していたのだろう。

考えつくのは一つ。

――明言はしてなかったけど、きっと道満は、うちの男衆を厄介払いしようとしてやがるんだ。

相手はいずれまた「邪魔者」を排除すべく黒雲の前に現れることだろう。黒雲は、その先手を打つ必要がある。

上京《かみぎょう》へと戻ってきた瑠璃は出水通《でみずどおり》にある道満の住み処、すなわち彼が閑馬として暮らしていた家に足を運んだ。

瑠璃も居候していたこの家は人が殺されたいわくつきの物件として恐れられたために、中はほとんど手つかずのまま放置されていた。道満がここに戻ってくることはないだろうが、もしかすると彼の今後の計画を示すものが何かしら残っているかもしれない。そう思ったのだが、淡い期待は、期待のままに終わった。

人形作りの作業部屋にて道具箱を残らずひっくり返し、台所の水屋《みずや》簞笥《だんす》を探り、道満の骸が転がっていた奥の間の畳を裏返してみても、目ぼしいものは一つとしてなし。瑠璃も知ってのとおり、一介の町人を装っていた道満は自身が陰陽師であることを巧妙に隠していたのである。この家を探ったところで手がかりを発見できないのも当然だった。

他に手がかりを見つけられそうな場所はないものか──考えあぐねた瑠璃の頭に、一つだけ思い出されることがあった。

道満が人形を保管していた蔵だ。

西本願寺から程近く、油小路通《あぶらのこうじどおり》にあるその蔵に道満は人を一切寄せつけなかった。仕事の手伝いをできないかと思案した瑠璃が人形を蔵に運んでこようと申し出ても、「用事がてら自分で行く」とやんわり断っていたのである。今にして思えば、隠しておきたい何かがあったからに違いない。

かくして瑠璃は、くだんの蔵に初めて行ってみることにしたのだった。

「まったく皮肉なモンさ。恩人と思ってた男の住み処や蔵で、泥棒さながらの家探しをする羽目になるとはな」

千本通《せんぼんどおり》を南に進みながら、瑠璃は苦々しくつぶやいた。

どうにか戦いの傷から歩ける程度まで回復したとはいえ、まだ本調子には程遠い。布団で安静にしていろと諫《いさ》める露葉を説得するのに四半刻を要したくらいだ。一方で錠吉と権三も無事に目を覚ましてはいたが、重傷の影響で今なお満足には動けないらしかった。

男衆の面持ちにも瑠璃と同様、怒りとも悔しさともとれぬ懊悩《おうのう》が浮かんでいた。何せ探し続けていた敵の親玉が、初めから、黒雲の身近にいたのだから。

「正直、今も信じられない」

言いながら瑠璃は地面を流し見た。

「あの〝閑馬先生〟が道満だったなんて。ずっと掌の上で踊らされてたなんて……」

心に澱むこの感情は、何と表現すればよいのだろう。

怒りや悔しさ、情けなさをすべて通り越して、瑠璃の心にはただ空しさだけが立ちこめていた。

「なあ飛雷。もしかしてお前は――」

言い終わるよりも早く、

「ふむ。閑馬を怪しいと思っていたか、と問いたいのじゃろう」

腰に巻きついた黒蛇は先んじて瑠璃の心を読んだ。

「いいや、あやつに抱いた印象はお前と大差ないわい。ドジで臆病で、さりとてまっすぐな男であると——龍神まで見事に欺《あざむ》いてみせるとは、奴め、陰陽師なぞ辞めて役者にでもなった方がよかろうの。もしくは人形らしく浄瑠璃の舞台に立つのが似合いじゃ」

憤懣《ふんまん》やるかたないと言わんばかりに飛雷は声を尖らせていた。

「わっちらはずっと、人形と語らって、人形と笑いあってたんだよな……」

祇園会の時に握ってきた手が夏でもひんやり冷たかったのは、冷え性の気があったからではない。淹《い》れたての茶を頭からかぶった時に反応が一瞬遅れていたのは、ただ単に鈍感だったからではない。それもこれも、彼が木製の人形であったからだ。

幻術で人肌の柔らかさを再現できようと、温かさまで完全に再現することはできないのだろう。まして人形の体に痛覚などあるはずがない。そう考えれば細かなこともすべて辻褄が合う。

——でも、わっちはよく知ってる。閑馬先生は妖にも小さな子どもにも優しくて、雀の手当てだって一所懸命にするような男だったんだ。

折しも時に顔を見せた宗旦は、死んだ閑馬こそが道満だったと知って無言のままふらふらとどこかへ行ってしまった。宗旦も閑馬を恩人と慕い、その死を受けた際には「おいらのせいで」と涙までしていたのだ。妖狐の受けた衝撃は、想像に難くない。

——ええか宗旦。俺も瑠璃さんも、お前さんの味方やで。絶対にお前さんを傷つけたりせえへん。

——ただでさえ思うように外で遊ぶことができんくて、甚太《じんた》は口には出さへんかったけど、辛かったはずです。それが少しやけど回復したと思うたら、そないなことになってもうて……。

閑馬は前足を失った宗旦のために義足を作り、病弱だった幼い甚太を案じ、傷ついた雀の命を繋ぎ止めた。その上、瑠璃が知る閑馬は、鬼の苦衷《くちゆう》を心から理解する男であった。

しかしながら真相は酷なもの。そもそも宗旦の前足を奪ったのは蟠雪だ。甚太を不老ノ妙薬の実験台にして殺してしまったのも蟠雪であり、彼は道満の配下にあった。妖や鬼を狩り、世にもおぞましき妖鬼に変えてしまったのとて、道満が夢幻衆に命じたことである。

己の知る心優しき閑馬。
残忍な夢幻衆を陰で率いていた道満。
両者が同一人物であるなどと、そう容易く呑みこめることではなかった。

――瑠璃よ。汝は何をもって善とし、何をもって悪とする。

人は心に善と悪の両方を持っている。だとすれば道満の心にはどのような「善」が、そしてどのような「悪」が潜んでいるのだろうか。

「わからない……一体どれが本当の閑馬先生だったんだろう。わっちに語った言葉は全部が嘘八百だったのか？　鬼とたまさか遭遇して逃げ出したことを、今までずっと悔いてきたって話も……」

瑠璃は戦いから目覚めた後、現世で起こっていた出来事を男衆の口から聞かされた。百瀬の三兄妹の生い立ちや、蓮音太夫が狂ってしまった原因もすべて。

率直な感想を言えば、蓮音には敵ながら些か同情しないでもなかった。道満を愛し、道満のためにこそ心身を削ってまで尽くしてきたというのに、最後は当の本人にすげなく命を奪われてしまったのだから。あの蓮音と道満のやり取りは、まるで色里にありがちな「愛されたい女」と「鬱陶《うっとう》しがる男」のそれであった。

人形の体である道満と蓮音が睦みあえなかったのは当然だろうが、曲がりなりにも自身を一途に想う女に対し、道満は一片の愛情も抱いていなかったのだろうか。

「……飛雷。わっちは地獄で梨花って平安びとと出会ったんだ」

「梨花じゃと？　それは確か、安倍晴明の妻の名ではなかったか」

瑠璃は頷いた。

男衆の話と照らしあわせれば、梨花は道満が不死を望むようになった発端の人物と見て間違いないだろう。道満が地獄へ赴いたのは晴明と同じく、おそらくは梨花を救い出すためだった――その心中は、今の瑠璃にもよくわかる。ともすれば瑠璃もまた、栄二郎がこのまま命尽きてしまったら、道満と同じ道を辿るかもしれない。

しかしながら解せないこともあった。

「双子の兄貴と袂を分かつほど、危険も顧みずあの世へ向かうほどに道満は梨花君《ぎみ》を大切に思っていた。奴にも人並みの愛情ってモンがあったのさ。蓮音のことはあんなにあっさり殺しちまったのに、だ」

「なれば道満はいつしか愛情を忘れてしもうたのやもしれんな。八百年もの長きを、人形として生きるうちに」

「そうかもな。ただ、腑に落ちないことがあるんだ。梨花君はわっちにこう言った。〝道満は生者でも亡者でもない我が存在を生み、我が魂は二度死んだ〟と」

あれの意味するところは何だったのだろう。なぜ梨花の魂は腐り果てていたのか。道満は彼女に、何をしたのか。

――惜しいこった。梨花君にもっと話を聞けたなら、道満の過去や思考も知れただろうにな……。

畢竟《ひっきょう》、道満の目的は二つ。「不死」となること。その上で「桃源郷」を作ること。

彼が不死を望むようになったきっかけは梨花の死だった。桃源郷を望むようになったきっかけは、戦や差別の歴史を嘆いたからであった。

とはいえ、

「違和感があると思わないか？　桃源郷、安寧の世を作るってわりに道満の計画は初めから犠牲ありきだし、しかも今の京は邪気に侵されて滅茶苦茶ときてる」

道満は本当にこの現状を良しとしているのだろうか。

「ことに地獄の官吏の話では、現世と地獄が繋がりかけておるのじゃろう？」

「そう、それだって元を正せば道満が原因だ。もしも現世と地獄が完全に繋がっちまったら、地獄の亡者が京に押し寄せて大変なことになるらしい。道満の野郎、その危険をわかってやがるのかどうか……」

歩き続けるうちに日は傾き始め、瑠璃は目当ての地に辿り着いた。

油小路通の南側、京びとが「お西さん」と呼び親しむ西本願寺を右手に望む仏具屋《ぶつぐや》町《ちょう》には、その名のとおり仏具を取り揃える店が軒を連ねていた。仏具屋に挟まれるようにして、細い道沿いには二階建ての蔵がちらほら見てとれる。

どれも何の変哲もない漆喰《しっくい》づくりの蔵であるが、瑠璃はその内の一軒から、ほんの微かに暗い気配が染み出ているのを感じ取った。

案の定、蔵には頑丈な錠前がかけられていた。が、鍵を探すつもりなど毛頭ない。

幸いにも周囲に人はいなかった。

瑠璃は刀に変化した飛雷を握ると、ひと太刀で錠前を斬り落とした。

「——！」

薄暗い蔵に踏み入るなり、ぞわ、と怖気立《おぞけだ》つ。

蔵の中で瑠璃を迎えたのは、無数の人形たちであった。

整然と棚に並べられた雛人形。皐月《さつき》人形。能の一場面を模した浮世人形。壁一面にかけられた浄瑠璃人形の中には、いつぞや付喪神のお恋を驚かせたガブもあった。道満が手掛けた人形たちは澱んだ空気の中で勇ましげに顔を力ませ、あるいは微笑みながら虚空を見つめている。だが何より異様だったのは、十数体もの等身の人形だ。

生身の人間と見紛うほど精巧な人形は、おしなべて同じ見た目をしていた。

「これが道満の、魂の器……」

道満とまったく同じ背丈、まったく同じ顔をした人形たちは向かいあう格好で二列に並べられ、まるで蔵に入った者を奥へと誘《いざな》うかのように佇んでいた。

凹凸《おうとつ》なく整えられた木の肌に、玻璃《はり》でできた眼球。四肢は滑らかに動かせるよう球体の関節で繋がれている。頭部に植えられているのは人毛だろうか。道満を純粋な人形師と見るならば、まさしく「天才」と称えずにはおれぬほどの出来である——もっとも、これが魂の容れ物として動くようになると知らなければ、だが。

「よくもまあ、これだけの代物を何体もこしらえたものじゃ」

と、飛雷が鼻白《はなじろ》んだ。

「己で作った人形の中からとりわけ出来のよいものを選んで魂を移したか。用意周到なことよ。思えば閑馬は独り身ながらにまめまめしい男じゃった」

「飛雷……お前はこれが、恐ろしくないのか」

「気味が悪いとは思うがな。されど動かぬ木偶《でく》なぞ恐るるに足らん」

言うと黒蛇は一体の人形に這いのぼり、大口を開けて木の首を噛み砕いてみせた。

人形たちの視線に見つめられながら瑠璃と飛雷は蔵の捜索を始めた。

入り口で見つけた手燭《てしょく》を灯し、棚の一つひとつを慎重に探っていく。道満が手入れを欠かさなかったのだろう、蔵の中に塵芥《ちりあくた》はなかったが、ほの暗さと人形たちの視線に瑠璃は息が詰まるようだった。

「あのさ飛雷、何か喋ってくれないか」

「何かとは何ぞ」

「気が紛れることなら何だっていい、でないと頭が変になっちまいそうなんだ」

困った奴よの、と黒蛇は呆れた声でぼやく。

「地獄を旅してきたというにこれしきで臆してどうする？　まあ、人間とはさようなものか……。ならば少しだけ話してやる。裏朱雀にひと太刀を浴びせたあの時、何やら不思議な感覚がしてな」

「へえ？　お前が不思議と言うからにゃ相当だな」

「瑠璃よ。我はお前の中に、蒼流を見た気がした」

屈みこんでいた瑠璃はぱっと黒蛇に目をやった。

「遠く遥かなる昔、我はいついかなる時も蒼流と廻炎《かいえん》とともにあった。我ら三龍神の結束した力にかなう者など、浮世のどこを探せども存在しなかったであろう。蒼流や廻炎と、ともに戦う感覚……我がお前に覚えた感覚を、人は〝懐かしい〟と呼ぶのじやろうか」

飛雷がしみじみと昔語りをするのは初めてのことだった。

黒蛇の声音には過去への恋しさもさることながら、どこか物哀しさも含まれている

ように瑠璃には聞き取れた。

「蒼流の記憶は曖昧にしか残ってないけど、わっちも裏朱雀を斬ったあの時、今まで

にない心強さを感じたよ。黒雲の皆がいて、さらにわっちとお前が手を組めば、何だ

ってできる。そんな気すらしたモンさ」

これは嘘偽りない本心だ。たとえ道満が驚天動地の一手を仕掛けてきたとしても、

必ずや打ち破ることができよう。裏朱雀の斬り分けに成功した今、大いなる自信と確

信が瑠璃の胸に漲《みなぎ》っていた。

一方、飛雷はなぜか人形棚の上にて首を俯けていた。

「何だって……か」

蛇の瞳が虚ろに人形を眺める。その様を見た瑠璃は顔をしかめた。

「おいおい飛雷、まさかまた弱気の虫がぶり返したか?」

「またとは何じゃ、またとは」

「前もそうやって妙に塩垂れてた時があったじゃないか。やっとこさ麗と腰を据えて話ができたんだ、お前の気持ちも少しは軽くなったはずだろ？　あと京でやるべきは道満との戦いだけ。ここがまさに正念場なんだから、気合いを入れ直せよ」

あえて強く発破をかけると、黒蛇は「……わかっておるわ」とつぶやいて、再び人形棚を探り始めた。

隅から隅まで目を皿のようにして捜索してみても、人形の他に怪しいものは何もない。どうやら一階は人形を保管するためだけに使われていたようだ。

続けて二階に上がると、暗い気配がいっそう強くなった。鼻腔をくすぐる木の香り。作業棚には使い古した人形作りの道具や木片が収納されている。

と、棚の小さな抽斗《ひきだし》を開けた瑠璃は、抽斗の底が奇妙に浮き上がっていることに気がついた。

——これは、隠し底か。

中に入っていた文箱《ふばこ》や硯《すずり》を取り出して調べてみる。が、底の開け方がどうにもわからない。たまりかねて抽斗を丸ごと棚から引き抜いた瞬間、邪気がたちどころに吹き出してきた。

暗い気配の発生源は、この抽斗だったのだ。

「見ろ瑠璃、裏に何かあるぞ」

飛雷に言われて抽斗を裏返してみれば、そこには一枚の呪符が貼られていた。四縦五横印《しじゅうごおういん》の上に陰陽太極図《いんようたいきょくず》をのせた紋――夢幻衆の長布にも描かれていたこれは、おそらく道満の紋章だろう。

「当たりだ、隠し底の中に何かある。でもこの呪符、触れるとまずい気が……」

床に置いた抽斗を睨みながら瑠璃はうなった。ようやく手がかりらしきものを発見できたはよいが、慎重な道満のことだ、結界か何らかの罠を張ってあったとしてもおかしくはない。

どうしたものかと思案していると、

「我がやる。下がっておれ」

短く告げて飛雷は尾を振った。尾の一撃が命中し、抽斗はバチンと音を立てて発光する。思ったとおり結界が張ってあったらしい。

濃い邪気が立ちこめたのも束の間、呪符は細切れになり消えていった。

「でかしたぞ飛雷っ。これなら開けられそうだ」

やがて隠し底の板が外れ、中にあった一冊の書があらわとなった。

古ぼけた書は黴《かび》臭く所々が虫に食われている。あと少しでも衝撃を加えればたちまち崩れてしまいそうだ。その表紙には、辛うじて読める字で外題《げだい》が書かれてあった。

それすなわち、

「〝金烏玉兎集〟――」

鼓動が一気に速まった。

安倍晴明の書庫から盗み出した禁断の書はやはり道満が隠し持っていたのである。これを読めば「不死の秘法」がいかにして行われるか、道満の次の動きを先読みすることも叶うだろう。

瑠璃は適当な棚の上に手燭を置くと、にわかに緊張しだした左手で怖々と書をめくった。

ところがあまりに古いせいか判読できる字はほとんどない。「不死」、「秘儀」、「魂魄」、「四神」といった文字を読み取ることはできるものの、仔細は不明である。

「〝天満つる玉兎〟、〝金烏を犯〟……？　ちっ、駄目だ。これじゃろくすっぽ読めやしねえ」

「錠吉に見せてみればどうじゃ？　奴なら意味がわかるやもしれんぞ」

さりとて暗号じみているばかりでなく何と書いてあるかすら満足に読めぬのでは、さすがの錠吉もお手上げに違いあるまい。

――せっかく重要な書を見つけたってのに、また行き詰まりか。

瑠璃は肩を落としつつ金烏玉兎集を持ち上げる。

するとその時、書の中から滑り落ちるものがあった。折り畳まれた一枚の紙切れだ。書の中の一枚がちぎれていたのだろうか。

「これ瑠璃、気をつけて扱わぬか。ただでさえぼろぼろなのじゃから」

「思いっきり尾を振るってた奴がよく言うよ。わっちは乱暴にしてなんか――」

紙切れを拾い上げた瑠璃は、そこでぴた、と動きを止めた。

金烏玉兎集に用いられる紙とこの紙切れとでは、手触りがまるで違う。そう察するや心の臓が大きく跳ねた。

――もしかして。

大急ぎで紙切れを開く。

瞬間、瑠璃は己の目を疑わずにはおれなかった。

紙切れの中にあったのは何度か見たことのある道満の字――荒々しく書き殴られた文章には、これまで彼や蓮音たちが頑なに隠してきた、不死となるための重大な秘密が記されていた。

《一、四神相応における麒麟となるべし
一、青龍、玄武、白虎、朱雀、各々の甚大なる力を受け取るべし
一、不死の秘儀を執り行ふべし
さすれば永遠に朽ちることなき肉体を得、四神の囲む地に生きる者すべての魂を、
我が魂に吸収すること能ふ
ゆくゆくは日ノ本に生きる者、一切の魂もまた然り》

終

完全なる不死を実現するには「不死の肉体」のみならず「不死の魂」が必要だ。

果たして道満は、京に生きる人間の魂を奪うことで不死を得ようとしていたのだった。今まで魂の限界を大きく超えて生きてこられたのも、寿命を迎えるたび他者の魂を吸い取ってきたからに違いない。蟠雪、菊丸、そして蓮音の魂も、道満の魂の糧《かて》となったのだろう。

——わっちらは、何て勘違いをしてたんだ。桃源郷は今ある京と共存する形で作るんじゃない。父神と母神だけを残して誰もいなくなった状態で、無から作り出すものだったんだ。

京びとがみな人柱となり道満に魂を吸われてしまうなら、この地に残るのは骸のみとなる。骸は桃源郷に難癖をつけることすらできやしない。よって今の京と共存していく方法など、考える必要すらなかったということだ。

「道満、あの野郎……！」

急いで男衆にも知らせなければ。発見した紙切れを震える手で握りながら、瑠璃は坩への帰途を走る。双眸には烈火のごとき怒りが滾っていた。

夢幻衆が進んで桃源郷のことを明かそうとしなかったのも、道満が魂の限界を引き延ばしてきた方法について口を濁したのも当然だ。これまで少なからず桃源郷の志に魅力を感じてきた瑠璃だったが、こうなると話はまるで変わってくる。何しろ京びと全員を殺害し、いずれは日ノ本中の人間の魂まで奪ってしまおうというのだから、認められるはずがない。

「──ぐっ」

と、瑠璃は心ならず足を止めた。

「瑠璃、あまり急くでない。まだ蒼流の力を使った影響が残っておるじゃろうて」

急ぎ駆けたせいか、はたまた憤りに心が乱れたせいか、刺すような痛みが全身を貫いていた。ビキビキと神経が脈打つのに耐えきれず、瑠璃はその場に屈みこむ。

「くそったれめ……〝生者の命は大切に〟だなんて、夢幻衆があんな信条を持ってるのはおかしいと思ってたんだ」

夢幻衆は生命を愛おしみ、慈しんでいたのでは断じてない。道満は優しさをもって死にかけの雀を救ったのではない。そこにある命がいずれ自分のものになると考えていたからこそ、道満は小さな雀を甲斐甲斐しく手当てし、夢幻衆にも命を大切にするよう説いたのだろう。

「おそらく不死の法によって犠牲となるのは人間だけではあるまい。鳥や獣、妖も含め、京の生きとし生ける者がみな道満の魂の糧となる。つまり神も、例外ではなかろうの」

言って飛雷は嘆息した。

洛中には多くの京びとが行き交っていたが、うずくまる瑠璃に目をくれる者は誰ひとりいない。みな心ここにあらずといった風に何もない宙を見つめ、ぶつくさと独り言を垂れている。心が邪気に蝕まれている証左だ。

——この人ら全員を揃って京から逃がすなんてことは、たとえ帝や将軍であっても無理だろうな。

避難させることが叶わぬなら、やはり黒雲が道満と対決する以外、京を救う手立てはない。

瑠璃は痛みをこらえて立ち上がる。が、しかし、

——道満を倒せば当然、桃源郷の話もなくなっちまうんだよな……。

そう考えた途端、踏み出そうとした足は根を張ったように動かせなくなった。

誰しもが心安らかに生きることのできる世界——「桃源郷」は、奇《く》しくも己が希求する「瑠璃の浄土」と理念が共通している。とはいえ瑠璃は、それをいかにして実現できるか、答えを見出せぬままでいた。


——桃源郷は、あなたのためにもなるんどっせ。なァ瑠璃さん、この意味がわかるやろ？


道満は他者の魂を奪わんとする一方で、瑠璃と同じく争いや差別を長きにわたり憂えてきた。桃源郷は、歴史を俯瞰してきた道満だからこそ辿り着いた答え。八百七十年も世を見つめてきた彼が熟考し、時に逡巡し、時に挫折した末に打ち立てた計画に違いあるまい。だとすれば安寧の世を作る術はそれしかないという見方もできる。

さながら雑草を根こそぎ抜いて荒れ地を耕していくように、差別の意識が深く染みついて消えない今の世も、まっさらな状態からであれば作り直せるだろう。新たに世を治める父神、道満の度量にもよるが——。

「なあ飛雷。本当のところ、お前はどうなんだ。道満の桃源郷が、わっちらの求める瑠璃の浄土になると思うか？」

「……何が言いたいのじゃ」

「お前は、わっちが母神になった方がいいと思うか」

黒蛇は口を閉ざしていた。

「そりゃもちろんわっちだって、道満の妻になって奴と子を成すなんてことはまっぴらごめんだ。わっちの体も人生も、利用されるためにあるんじゃない。誰かに何かを強要されるためにあるんじゃない。ただ、このまま道満を倒してしまって、本当にいいのかって……」

憤りに身を任せれば後悔する結果を招くかもしれない。今少し、思考を尽くさねば。それが瑠璃の本音であった。

道満の桃源郷に賭けるしか瑠璃の浄土が達成されないなら、彼と対決するのは誤りとも言える。よしんば自分が母神になったなら――心まで道満に捧げるつもりは微塵《みじん》もないが――、子らに差別の哀しさを伝えることもできるだろう。他と支えあって生きる大切さ、喜びを伝えることもできるだろう。

「瑠璃の浄土はそもそも龍神が共有していた志だ。だから龍神の、綺麗事じゃない本心を聞かせてほしい」

今を生きる人々か。

それとも桃源郷か。

「……飛雷。お前はどちらを取る」

沈黙を経て、飛雷は重い口を開いた。

「よかろう、我の本心を言う。純粋に瑠璃の浄土を思うのであれば、道満の桃源郷を支持する方がより確実な近道となろう。今を生きる者には犠牲となってもらうしかない。そして、瑠璃、お前は道満の妻となるべきじゃ」

何となく予想していたとはいえ、飛雷の言葉は、辛辣《しんらつ》な響きをもって瑠璃の胸を揺るがした。

「お前たち人間は〝死の恐怖〟というものを覚える。我ら神にはついぞない感覚よ。なぜなら長い生に比べて死の痛みがほんの一瞬で終わることを、長命の神ならみな知っておるからじゃ。時として、生きることの方が死ぬよりもよほど辛い」

「……要は京びとが味わう一瞬の恐怖と、永久に続く安寧の世を天秤にかければ、後者を重視する方が理にかなってるってことか」

「左様」

冷淡なようだが神は人よりも遥かに思慮深く、人よりも「ものの道理」を知る存在だ。飛雷の意見には無視できない重みがあった。

とはいえ黒蛇の言葉は、まだ終わっていなかった。

「龍神は世を守る存在ではあれ、世を作る存在ではない。世を作っていくのはお前たち人間じゃ」

「わっちら、人間が……」

「ゆえに決断を下すのは、瑠璃。やはりお前であるべきじゃろう」

龍神の意見を参考にするのはよいが、実際にどうするかはあくまでも己自身で決めなければならないということだ。

足取りも重く、瑠璃はまたぞろ歩きだした。

「…………」

道満を倒せば京びとは助かるが、桃源郷は諦めざるを得なくなる。

桃源郷の実現に加担すれば、京びとも生き物も、みな死に絶える。

――どちらを取ったとしても、何かを諦めるしかないんだ。

あと少し歩けば時が見えてくる。しかしながら男衆にこの状況を何と説明したらよいものだろう。己の気持ちが定まりきらぬ、揺らいだ心境で、同志たちをどう先導すればよいのだろう。

俯き加減に歩きつつ、瑠璃の心は究極の選択を迫られていた。

――今を生きる人々か、それとも桃源郷か。

決めなければならない。

どちらを取り、どちらを諦めるのか――。

「つたく瑠璃の奴、遅《お》っせえなあ」

はっ、と顔を上げる。聞こえてきたのは豊二郎の声だった。

「もう夕餉の時間だってのにどこをほっつき歩いてんだ？」

「確かに遅いな。もしかしたらまた道に迷っているのかもしれない」

「体だって回復しきってないみたいだったし、何かあれば大変だ。探しに行くか」

塒の玄関先には男衆が勢揃いしていた。

いかにも不機嫌そうな顔で辺りを見まわす豊二郎。露葉の治療が効いたのだろう、錠吉と権三もようやっと歩けるようになったらしい。

そして――。

「あっ……瑠璃さん」

男衆の中には、愛する男の姿があった。

瑠璃の姿を見つけた青年は、笑みを広げるとこちらへ歩み寄ってくる。

──栄二郎──。

もはや見ることができないかもしれないと思っていた朗らかな笑顔が、声が、確かにそこにあった。

「えっ待って、どうしたのその髪っ」

断髪を目にして声をひっくり返す栄二郎。対する瑠璃は、へなへなと地にへたりこんだ。彼の顔を見て腰が砕けてしまったのだ。

「瑠璃さん。もしかして、何かあった？　何で泣いてるの……？」

言われてやっと気がついた。瑠璃の目からは、知らぬ間に涙があふれ出ていた。

何から口にすればよいのだろう。栄二郎の死に直面して初めて己の中の愛情に気づいたこと。このまま本当に死に別れることにでもなったらどうしようと、心が押し潰されたこと。彼の陰なる助力があったからこそ麗との和解が叶ったこと。過去の未練を断ち切ったこと──話したいことはいくらでもあるのに、あふれる涙が言葉をすべて遮ってしまう。

幼子のように、瑠璃は声を上げて泣いた。

頭領らしからぬ涙に寸の間、栄二郎は目を白黒させていた。だがやがて何かを察したのだろう、地に両膝をつくと、優しく瑠璃の体を抱きしめた。

「俺さ、眠ってる間、夢を見てたんだ。そこで瑠璃さんはずっと俺を呼んでくれてた。また会えて、よかったよ……おかえり、瑠璃さん」

彼の胸に顔をうずめながら、瑠璃は噛みしめるように頷いた。

「……うん。おかえり、栄二郎」

珍しく気を遣ってくれたのだろうか、飛雷が静かに瑠璃の腰元を離れる。弟と瑠璃の抱擁《ほうよう》を見た豊二郎は雷に打たれたかのごとく固まっていた。片や権三は微笑ましげに目尻を緩め、錠吉は、特に表情が変わらないものの、五人が再び揃ったことに安堵している様子であった。

――ああ、そうだ。悩む必要なんて、最初からなかったんだ。

自ずと瑠璃は悟り得た。

賢《さか》しらな理屈ではない、己の、ありのままの本心を。

――錠さん、権さん、豊にひまり、安徳さまや妖たち、それに飛雷……皆がいない世の中なんて嫌だ。栄二郎がいない世の中なら、そんなもの、わっちはいらない。

道満が唱える桃源郷の理想は、長い目で見ればなるほど世に平和をもたらすだろう。だがそのために奪われる命があってはならない。今ある命を犠牲にすることなど断じてあってはならない。人は誰しも、与えられた天寿を全うする権利を持っているのだから——。

瑠璃は涙に濡れる瞳で栄二郎を見つめ、他の一同にも目を向けた。

「……戦おう。わっちらの力で、蘆屋道満を倒そう」

頭領の言に男衆は虚を衝かれていた。

「ええ。と言うか、端《はな》からそのつもりですが？」

「まあまあ錠、瑠璃さんにも思うところがあったんだろうし……」

「思うところ？　おい瑠璃、まさか道満の女房になるかどうかで悩んでたのか？」

「嘘だッ。ねえ瑠璃さん、違うよね？　ねえっ？」

てんでばらばらな反応に瑠璃は思わず吹き出した。

と、その時だった。

「んん？　なあ、あれって」

豊二郎が怪訝そうな声を発した。彼の指差す方向へと首を巡らした瑠璃は、はてと片眉を上げる。

「……麗？」

堀川通《ほりかわどおり》の南から童女が歩いてくるところであった。宝来の者は他に見当たらない。どうやら一人きりでここへ来たらしい。

瑠璃は栄二郎の手を借りながら腰を上げた。

事の深刻さを把握している麗は、江戸へ逃げるよう促した瑠璃に対しすぐにでも宝来の者たちを説得すると宣言していた。が、未だこの地に留まっているということは、何か不安なことでもあったのだろうか。

「麗じゃないか。どうしたんだ、もう京を発ったんじゃなかったのか？」

簡単な地図は渡してあったものの、もしかしたら逗留先となる慈鏡寺の場所を再確認しに来たのかもしれない。そう推した瑠璃は童女に向かい小走りで駆けていく。

一方で麗の口は返事をすることもなく閉ざされ、視線はぼんやりと、宙空をさまよっていた。

童女の顔をのぞきこもうとしたその矢先。

「ならん瑠璃！　近寄るな！」

飛雷の怒鳴り声が響いたと同時に、麗は視線を上げる。

「え——」

刹那、瑠璃は息を詰めた。

麗の両目は黒く濁り、額からは、前髪を掻き分けるようにして角が突き出ていた。

今までのような小さな角ではない。角は童女の柔らかい肉を裂きながら、瑠璃の見ている目の前でめきめきと長さを増していく。

「……盾と、剣……」

怨念まじりの声がこぼれる。

麗は鬼に変じようとしていた。

──何で。

すくむ足。瑠璃の頭には焦燥と困惑が入り乱れる。

「こ、こ、ロせ……殺、せ」

童女の体がぶるぶると震えだす。見えない力に抗うかのごとき声。

この状態は、知っている。

「操られてるのか、道満に」

道満が麗を連れていこうとしたのは、鬼化させた上で彼女を操り、黒雲を襲撃させるためだったのだ。

「じゃあ、宝来の人たちは……？」

突然の事態に瑠璃のみならず男衆も身を強張らせている。対して童女の肌は見る見るうちに黒く染まっていく。

次の瞬間、麗は地を蹴った。

「逃げろ、瑠璃！」

飛雷の声に突き動かされ、瑠璃は後ろに跳びすさる。青の風で攻撃を防ごうとする。しかし風が出ると同時に襲ってきた激痛が、ぐらりと足をよろめかせた。力の反動で思うように体が動かせない。青の風も弱々しい有り様だ。一方で鬼と化した麗の動きは予想以上に速い。

鼻先を掠める拳。寸前でかわせたものの、瑠璃は仰向けに倒れてしまった。次の一撃が迫る。地面を転がる。獲物を逃した拳は地にめりこむ。

「瑠璃さん――」

封が解けたように駆け寄ってくる男衆。その先頭を這い滑る飛雷。瑠璃と麗までの距離は、およそ十数歩。

再び仰向けになった瑠璃は起き上がろうと力を入れる。が、凄まじい膂力で飛びかかってくるや否や、麗は瑠璃の体を押さえつける。天に向かって拳を振り上げる。

動かない体。振り下ろされる拳。その瞬間、瑠璃は見た。

麗の視線が飛雷を捉え、ニヤ、と口元に笑みが浮かぶのを。

直後、拳が瑠璃の胸元に叩きこまれた。

「が、は……っ」

衝撃に血を吐く。麗の拳の中には小さく鋭い牙が——龍神の牙が握られていた。深々と胸に沈みこんでいく牙。そのうち心の臓へと突き刺さっていく感覚に、瑠璃は恐慌した。

片や麗はその一撃を終えるなり、ふっ、と脱力した。

「瑠璃さん、しっかりっ」

駆けつけた男衆が瑠璃を助け起こす。すぐさま胸元を確かめる。しかし奇妙なことに、瑠璃の胸元は拳で殴られた痕こそあれ、傷口もなく完全にふさがった状態だ。一滴の血も流れてはいない。

それもそのはず、敵が狙っていたのは、瑠璃ではなかったのだから——。

「……おの、れ」

突如として苦しみだしたのは飛雷であった。

「道満……我の魂を、狙いおったか……」

蛇の体をくねらせる。うめき声を上げて地をのたうちまわる。

すると麗の口が怪しく動きだし、

「これでようやく邪魔モンが消える」

「その声は、道満か——」

「俺はずっと探しとったんや。瑠璃さんをなるべく傷つけずに飛雷、お前さんだけを殺す方法を」

道満が母神として求めるのは、あくまでも瑠璃という女のみ。「邪魔者」とは瑠璃の心の臓に封じられた飛雷を意味していたのだ。

「その牙は麗の盾となり剣にもなる。そう約束したんが徒《あだ》になってもうたな。盾は所有者の身を守り、剣は所有者の殺意を遂げる。術で麗の心にお前さんへの殺意を埋めこんだんや。お前さんに恨みはあらへんけど……」

堪忍な、飛雷。そう告げる道満の声はどこか物憂げだった。

ずず、と瑠璃の胸元が意図せず渦を巻きだす。牙の先端がのぞいたかと思うとそのまま地に落ちる。されど黒蛇への苦痛はやまなかった。

「飛雷——おい飛雷、駄目だ、死ぬな！」

瑠璃の言葉も耳に入らないのか、黒蛇はなおも悶え苦しみ、ひび割れたうめきを発し続ける。

「なあ瑠璃さん。今まで一度も、不思議やとは思いまへんどしたか？」

道満の声がそう問いかけてきた。

「前に言うてましたよね、自分は風邪を引いたり病を患ったりしたことがほとんどな

いって。その理由はあなたに生まれつき高い治癒力が備わっているからと、ホンマに
それだけでしょうか」

遊女という、病の危険が多い職に就いていたにもかかわらず——。

道満の言には一理ある。瑠璃は吉原で瘡毒に罹った男を客に取ったことがあった。同じ男を相手した友、雛鶴は不幸にも瘡毒をうつされてしまったのだが、瑠璃は結局、罹患《りかん》することはなかった。

「遊女の身でありながら一度も身籠ったことがなかったんは、ホンマに偶然のひと言で片づけられますか？」

「一体何を、言ってるんだ」

「あなたは確かに人並み外れた治癒力を持ってはる。強い運に恵まれた人でもあるでしょう。けど俺には、なんやら別の力が働いとるように思えてならへんかった」

瑠璃に妊娠の経験がない理由を、道満はこう推測した。

「飛雷はこれまでずっとあなたの体に龍神の加護を与えとったんや。病もさることながら、望まぬ懐妊も防ぐために、ね」

「何——」

そのようなことは一度も考えたことがなかった。ただ単に幸運であったとばかり思

っていたのだ。黒蛇に問う視線を投げかけれども、答えは返ってこない。

今や蛇の体は硬直し、ゆっくりと、刀に姿を変えつつあった。

果たして道満は、瑠璃を母神とするにあたり飛雷が障壁になると踏んだのだった。

飛雷が加護を施していたのでは瑠璃に己が子を産ませることができない。だからこそ麗をここへ差し向けた。首飾りの牙を使わせるために。

「言うても昔は邪龍やったみたいやし、飛雷がホンマに瑠璃さんのことを想って加護を施しとったんかどうか、真実はわかりまへんが……。ほなら皆さん方、お騒がせしてえろうすんまへんな」

次会う時まで、ごめんやす――別れの挨拶《あいさつ》が告げられたのを最後に、操られた麗はばったりと地にくずおれた。

一方で黒刀からは、飛雷の声が絶えていた。黒刀は動かない。苦しげな声すらも聞こえてはこない。

「冗談だろ、飛雷」

瑠璃はおそるおそる膝をつく。地に転がる黒刀に向かい、左手を伸ばす。

「お前がいなかったら、わっちは……」

指先が柄に触れたその瞬間、バキ――と乾いた音を立て、黒刀は真っ二つに折れてしまった。時を同じくして瑠璃の胸元にある三点の印が掻き消えていき、やがて跡形もなくなった。残ったのはただ、薄い刀傷の痕のみ。

瑠璃と飛雷の魂を繋ぐ証が、消えた。

——ありえない。飛雷は龍神なんだ。太古の昔から今までずっと生き続けてきたんだ。飛雷が死ぬなんて、絶対に、ありえない。

されど瑠璃は知っている。

神とて不死ではないということを。古の三龍神のうち廻炎は死に、蒼流も他界したからこそ、生まれ変わって今の自分があるということを。

騒がしく鼓動する心の臓にはもはや、飛雷の気配が寸分も感じられない。

——飛雷……応えてくれよ。わっちの心の声も、聞こえないのか……？

折れた黒刀は完全に沈黙していた。

かくして黒雲の主たる戦力であり瑠璃の相棒である龍神は、己が牙に魂を貫かれて力尽きた。最大の敵、蘆屋道満との決戦を前にして——。

本書は書下ろしです。

|著者|夏原エヰジ　1991年千葉県生まれ。上智大学法学部卒業。石川県在住。2017年に第13回小説現代長編新人賞奨励賞を受賞した『Cocoon−修羅の目覚め−』でいきなりシリーズ化が決定。その後、『Cocoon2−蠱惑の焰−』『Cocoon3−幽世の祈り−』『Cocoon4−宿縁の大樹−』『Cocoon5−瑠璃の浄土−』『連理の宝−Cocoon外伝−』『Cocoon　京都・不死篇−蠢《しゅん》−』『Cocoon　京都・不死篇２−疼《とう》−』『Cocoon　京都・不死篇３−愁《しゅう》−』と次々に刊行し、人気を博している。『Cocoon−修羅の目覚め−』はコミカライズもされている。

Cocoon《コクーン》　京都《きょうと》・不死篇《ふしへん》４—嗄《か》—

夏原《なつばら》エヰジ

2023年２月15日第１刷発行

発行者——鈴木章一
発行所——株式会社　講談社
東京都文京区音羽2-12-21　〒112-8001
電話　出版（03）5395-3510
　　　販売（03）5395-5817
　　　業務（03）5395-3615

Printed in Japan

講談社文庫
定価はカバーに
表示してあります

KODANSHA

デザイン—菊地信義
本文データ制作—講談社デジタル製作
印刷———株式会社KPSプロダクツ
製本———株式会社国宝社

ISBN978-4-06-530400-6

講談社文庫刊行の辞

二十一世紀の到来を目睫に望みながら、われわれはいま、人類史上かつて例を見ない巨大な転換期をむかえようとしている。

世界も、日本も、激動の予兆に対する期待とおののきを内に蔵して、未知の時代に歩み入ろうとしている。このときにあたり、創業の人野間清治の「ナショナル・エデュケイター」への志を現代に甦らせようと意図して、われわれはここに古今の文芸作品はいうまでもなく、ひろく人文・社会・自然の諸科学から東西の名著を網羅する、新しい綜合文庫の発刊を決意した。

激動の転換期はまた断絶の時代である。われわれは戦後二十五年間の出版文化のありかたへの深い反省をこめて、この断絶の時代にあえて人間的な持続を求めようとする。いたずらに浮薄な商業主義のあだ花を追い求めることなく、長期にわたって良書に生命をあたえようとつとめるところにしか、今後の出版文化の真の繁栄はあり得ないと信じるからである。

同時にわれわれはこの綜合文庫の刊行を通じて、人文・社会・自然の諸科学が、結局人間の学にほかならないことを立証しようと願っている。かつて知識とは、「汝自身を知る」ことにつきていた。現代社会の瑣末な情報の氾濫のなかから、力強い知識の源泉を掘り起し、技術文明のただなかに、生きた人間の姿を復活させること。それこそわれわれの切なる希求である。

われわれは権威に盲従せず、俗流に媚びることなく、渾然一体となって日本の「草の根」をかたちづくる若く新しい世代の人々に、心をこめてこの新しい綜合文庫をおくり届けたい。それは知識の泉であるとともに感受性のふるさとであり、もっとも有機的に組織され、社会に開かれた万人のための大学をめざしている。大方の支援と協力を衷心より切望してやまない。

一九七一年七月

野間省一

講談社文芸文庫

フローベール　蓮實重彦　訳

三つの物語／十一月

解説＝蓮實重彦

フＤ１

978-4-06-529421-5

生前発表した最後の作品集「三つの物語」と、若き日の恋愛を描き『感情教育』の母胎となった「十一月」。『ボヴァリー夫人』と並び称される名作を第一人者の訳で。

小島信夫

各務原・名古屋・国立

解説＝高橋源一郎　年譜＝柿谷浩一

こＡ11

978-4-06-530041-1

妻が患う認知症が老作家にもたらす困惑と生活の困難。生涯追い求めた文学表現探求の試みに妻との混乱した対話が重ね合わされ、より複雑な様相を呈する——。

講談社文庫　目録

なかにし礼　生きる力〈心でがんに克《か》つ〉
なかにし礼　夜の歌(上)(下)
中村文則　最後の命
中村文則　悪と仮面のルール
編/解説中田整一　真珠湾攻撃総隊長の回想〈淵田美津雄自叙伝〉
中田整一　四月七日の桜〈戦艦「大和」と伊藤整一の最期〉
中村江里子　女四世代、ひとつ屋根の下
中野美代子　カスティリオーネの庭
中野孝次　すらすら読める方丈記
中野孝次　すらすら読める徒然草
中山七里　贖罪の奏鳴曲《ソナタ》
中山七里　追憶の夜想曲《ノクターン》
中山七里　恩讐の鎮魂曲《レクイエム》
中山七里　悪徳の輪舞曲《ロンド》
長島有里枝　背中の記憶
長浦　京　赤《セキ》刃《ジン》
長浦　京　リボルバー・リリー
中脇初枝　世界の果てのこどもたち
中脇初枝　神の島のこどもたち
中村ふみ　天空の翼　地上の星
中村ふみ　砂の城　風の姫
中村ふみ　月の都　海の果て
中村ふみ　雪の王　光の剣
中村ふみ　永遠《とわ》の旅人　天地の理《ことわり》
中村ふみ　大地の宝玉　黒翼《こくよく》の夢
中村ふみ　異邦の使者　南天の神々
夏原エキジ　Cocoon〈修羅の目覚め〉
夏原エキジ　Cocoon2〈蠱惑の焰〉
夏原エキジ　Cocoon3〈幽世の祈り〉
夏原エキジ　Cocoon4〈宿縁の大樹〉
夏原エキジ　Cocoon5〈瑠璃の浄土〉
夏原エキジ　連理の宝〈Cocoon外伝〉
夏原エキジ　Cocoon〈京都・不死篇—蠢《しゅん》—〉
夏原エキジ　Cocoon〈京都・不死篇2—疼《とう》—〉
夏原エキジ　Cocoon〈京都・不死篇3—愁《しゅう》—〉
長岡弘樹　夏の終わりの時間割
西村京太郎　華麗なる誘拐
西村京太郎　寝台特急《メモリー・トレイン》「日本海」殺人事件
西村京太郎　十津川警部　帰郷・会津若松
西村京太郎　特急《アリバイ・トレイン》「あずさ」殺人事件
西村京太郎　十津川警部の怒り
西村京太郎　宗谷本線殺人事件
西村京太郎　奥能登に吹く殺意の風
西村京太郎　特急《スーサイド・トレイン》「北斗1号」殺人事件
西村京太郎　十津川警部　湖北の幻想
西村京太郎　九州特急「ソニックにちりん」殺人事件
西村京太郎　東京・松島殺人ルート
西村京太郎　新装版　殺しの双曲線
西村京太郎　新装版　名探偵に乾杯
西村京太郎　南伊豆殺人事件
西村京太郎　十津川警部　青い国から来た殺人者
西村京太郎　新装版　天使の傷痕
西村京太郎　新装版　D機関情報
西村京太郎　十津川警部　猫と死体はタンゴ鉄道に乗って
西村京太郎　韓国新幹線を追え
西村京太郎　北リアス線の天使
西村京太郎　十津川警部　長野新幹線の奇妙な犯罪

2022年12月15日現在